Newton Compton Editores

Título original: 祝山 (*Iwaiyama*)

© 2007, Nanami Kamon. Publicado por primera vez en japonés por Kobunsha Co.,
Ltd., en Tokio. Esta edición ha sido posible gracias al acuerdo entre The English
Agency (Japan) Ltd. y New River Literary Ltd.
© 2025, de la traducción por Silvia Saorín Miralles
© 2025, de esta edición por Antonio Vallardi Editore S.u.r.l., Milán

Todos los derechos reservados

Primera edición: abril de 2025

Newton Compton Editores es un sello de Antonio Vallardi Editore S.u.r.l.
Pl. Urquinaona, 11, 3.º 1.ª izq. Barcelona, 08010 (España)
www.newtoncomptoneditores.com

Gruppo editoriale Mauri Spagnol S.p.A.
www.maurispagnol.it

ISBN: 978-84-10359-51-2
Código IBIC: FA
DL: B 22.682-2024

Composición:
Kim Amate

Diseño de interiores:
David Pablo

Impreso en abril de 2025 en Puntoweb s.r.l., Ariccia (Roma), en Italia.

Nanami Kamon

El santuario
de la montaña silenciosa

Traducción de Silvia Saorín Miralles

Newton Compton Editores

Barcelona, 2025

Prólogo

En Japón, el verano es la época tradicional de las historias de fantasmas. Esta tradición se respeta cada vez menos, pero, aun así, las librerías y videoclubs animan sus expositores con especiales de terror, y aunque ya no es tan frecuente, es la temporada en que algunas cadenas de televisión emiten programas especiales sobre fenómenos paranormales. Parece que el motivo por el que las historias de fantasmas son tan populares en verano tiene que ver con el festival Obon. Se dice que es el momento en que los espíritus de los difuntos regresan temporalmente a este mundo para visitar a sus seres queridos. En verano, las historias de fantasmas florecen en todo Japón. Hay quien asegura que contar historias de fantasmas y espíritus ayuda a que estos puedan descansar en paz, ya que, mientras se siga hablando de ellos, aquellos que habitan en el más allá encontrarán consuelo al saber que no los han olvidado.

Sin embargo, el festival Obon no es el único momento en que los fantasmas de los antepasados regresan a nuestro mundo. Según la tradición budista, también vuelven durante los equinoccios de otoño y primavera, durante el festival Higan. Así que en realidad tendría que haber tres épocas en las que se contasen historias de fantasmas: primavera, verano y otoño. Pero todo el mundo coincide en que la mejor estación para las historias de fantasmas es el verano, la verdadera temporada de lo sobrenatural. Si esto es así debe ser por algo especial que hay en el festival Obon pero no el Higan. Al fin y al cabo, el Obon se diferencia del Higan en una cuestión muy especial: en japonés, al primer día del festival Obon se le llama *kamabuta tsuitachi*, que quiere decir «el día que se abre la caldera del infierno».

Capítulo 1

–De todas formas, sabes que eso de «el día que se abre la caldera del infierno» en realidad se refiere a una especie de día de descanso en el infierno, ¿no? –dije sosteniendo el auricular en una mano mientras fumaba y revisaba el correo en el ordenador.

Cuando hablas por teléfono, los ojos siempre están sin nada que hacer, así que sin darme cuenta me puse a mirar la tele y después a toquetear el ordenador. Parece que a Satomi, al otro lado de la línea, le sucedía lo mismo, ya que podía oír el sonido de su televisión por el auricular. Somos amigas desde la universidad. No tengo que morderme la lengua con ella.

Satomi Yoshimura es autónoma, como yo. Yo me dedico a escribir para ganarme el pan y ella hace ilustraciones. Después de graduarse en bellas artes, estuvo haciendo trabajillos hasta que finalmente consiguió establecerse como ilustradora autónoma. A mí me pasó lo mismo: estuve trabajando en lo que me surgía hasta que conseguí convertirme en escritora profesional.

Teniendo en cuenta la carrera que hice, soy yo quien ha escogido un camino profesional un tanto peculiar. Satomi y yo siempre hemos tenido gustos e intereses muy parecidos. Puede que cada una usara un medio distinto, pero los temas de nuestras obras eran los mismos: historias de fantasmas, horror, ocultismo... O, dicho de manera más elegante, folclore. Ese día, vete a saber por qué, estábamos hablando sobre por qué la época de las historias de miedo es el verano, un tema que parece ser relevante e irrelevante al mismo tiempo.

–También se dice que ese día los demonios no castigan a los pecadores, así que, cuando se abre la caldera del infierno, tampoco sirve de nada matar.

–Ah, pues yo siempre he pensado que el día que se abre la caldera del infierno salían todos los fantasmas hacia nuestro mundo como disparados en masa –comentó Satomi, alzando un poco la voz al otro lado de la línea.

Me llegaron dos correos electrónicos y asentí.

–Sí, bueno, en realidad coincide con el antiguo

festival Obon, pero con el que sigue el calendario lunar. Y también hay sitios, como el monte Osore, en los que se dice que los difuntos se reúnen durante ese día. Y por eso van las *itako*, ¿sabes?

–Entonces, como es fiesta en el infierno, los muertos pueden regresar. Pero... ¿incluso los criminales que están en el infierno vuelven?

–Supongo que sí. Aunque sean criminales, puede que sean los antepasados de alguien.

–Tienes razón... –respondió Satomi, a lo que siguió un crujido molesto. Parece que acababa de abrir una bolsa de patatas. Continuó hablando y, tal como cabría esperar, costaba entender lo que decía–. Oye, ¿qué es la caldera del infierno?

–¿Cómo que qué es?

–¿Es una especie de calentador?

–Eres tonta.

–¿El infierno en sí es la caldera?

–Mmm. No. No creo.

–Será una especie de cocina comunitaria.

–¿Qué dices?

–Bueno, como es fiesta en el infierno, quizá usan la caldera para cocinar arroz y repartirlo entre los difuntos y los demonios –dijo riéndose.

Yo también me partí de risa.

–No te olvides de usar esta idea en tu próxima historia –añadió.

Así era ella.

La había llamado para tomarme un descanso en la escritura y la conversación sobre la fecha de entrega derivó en una charla sobre la época de las historias de fantasmas. La historia que estaba escribiendo tenía que estar lista para verano, así que debía terminar el borrador a principios de junio. Estábamos en abril, los cerezos ya habían florecido y sus pétalos caían lentamente. Los estudiantes, que acababan de empezar el nuevo curso, y los oficinistas caminaban por la calle con entusiasmo. Los trenes estaban inusualmente abarrotados. Por la noche las calles vibraban con ambiente festivo y salían personas extrañas de debajo de las piedras. Sin embargo, por la mañana y por la noche seguía pareciendo invierno, y yo, con lo friolera que era, seguía trabajando con el portátil bien calentita bajo el *kotatsu*. En resumen, era la época del año con más incertidumbre y definitivamente la peor para escribir historias de fantasmas.

Llevaba más de diez años dedicándome solo a escribir historias de terror, de seres paranormales y de ocultismo, así que esa especie de desajuste primaveral era ya casi una tradición. Aun así, resulta difícil hacer avanzar una historia cuando no se está de humor para ello. Sobre todo porque el tema que había elegido me resultaba complicadísimo y no lograba conectar emocionalmente con el protagonista. El tema era la prueba de valentía.

El protagonista, que no le tiene miedo a nada, hace una prueba de valentía solo por divertirse un rato…, pero al final las cosas no salen como él esperaba. En cierto modo era una historia muy típica. Yo misma había optado por escribir una historia tan cliché, así que no podía quejarme. Elegí ese tema porque todavía hay gente que hace ese tipo de cosas, esas pruebas de valentía para demostrar que no son unos cobardes, pero la historia no fluía. El problema era el protagonista, o, más bien, mis propias opiniones y valores, que acababa proyectando en él. La verdad es que las pruebas de valentía me parecían una actividad para tontos. Se merecían el miedo que pudieran pasar o las catástrofes que les sucedieran si las cosas se torcían. No empatizaba con ellos. Eso era lo que opinaba, así que, naturalmente, no podía representar de forma atractiva a un protagonista que iba a hacer algo tan absurdo.

Quizá era por mi trabajo, pero a veces me invitaban, tanto de forma oficial como extraoficial, a lo que llaman «lugares encantados». Sin embargo, casi nunca he ido a propósito a un sitio donde se dice que «aparecen» cosas. Si la memoria no me falla, solo me había animado a ir cuando se trataba de *yokai* famosos, como el *zashiki-warashi* y el *kappa*. Como norma general, me mantenía bien alejada de lugares en los que hubiera habido accidentes o rumores de seres vengativos. La razón es bastante sencilla: creo en los fantasmas.

Pero es que ni siquiera es cosa de fantasmas. Ir voluntariamente a una tumba ajena o a algún lugar en el que haya muerto alguien no tiene nada de bueno, se mire como se mire.

Y si encima se cree en los espíritus, tiene más delito todavía. Divertirse a costa de aquellos que se han quedado en nuestro mundo por rencor o por tener asuntos sin resolver es algo completa y absolutamente imperdonable. Si yo fuera uno de esos fantasmas, daría un buen escarmiento a quienes vinieran a verme solo para echarse unas risas.

Claro, con esta mentalidad, mi historia de miedo sobre una prueba de valentía tenía un tono de sermón mezquino. Hasta yo misma era capaz de admitir que era un trabajo patético. ¿Qué podía hacer? Habría cambiado el tema, pero no tenía tiempo para eso. Me había pasado los últimos días frustrada, escribiendo y borrando, borrando y escribiendo, así una y otra vez. Y también, como es habitual, en vez de volcarme en la escritura, me había dedicado a procrastinar leyendo manga, viendo vídeos o perdiendo horas al teléfono.

Dicho esto, ¿cómo iba a meter lo de hacer arroz en la caldera del infierno en una historia? Todavía riéndome por la ocurrencia de Satomi, miré el reloj. La una de la mañana. Ya llevábamos una hora hablando. Ambas somos almas nocturnas y por eso también ambas sabíamos que, por nuestro bien, debíamos volver al trabajo.

Tenía que seguir escribiendo, pero, aun así, seguí hablando y revisando la bandeja de entrada. Uno de los mensajes era *spam*, mientras que el otro pertenecía a Asako Yaguchi, una amiga mía y de Satomi. «Vaya, qué raro», pensé, parpadeando de la sorpresa. No conocía a Asako desde hacía tanto como a Satomi, pero ya debían de haber pasado por lo menos diez años desde que nos vimos por primera vez. Cuando me la presentaron, me dijeron que era la redactora de una revista femenina. Me hizo una entrevista con motivo de la publicación de algún libro de por aquel entonces. La entrevista en sí no fue muy larga, pero mientras hablábamos mencionó, de casualidad, que había vivido cerca de la casa de Satomi. Antes de mudarse, cuando estaba en el instituto, iba a la misma academia que Satomi y solían pasar el rato juntas.

Más tarde, cuando Asako regresó a la ciudad,

retomó el contacto con ella y, tras hablar sobre coincidencias y nostalgia, empezamos a quedar las tres para ir al cine y cosas así.

Antes nos veíamos bastante, pero nos distanciamos cuando cambió de trabajo. Asako decidió abandonar el precario mundo de la escritura y aceptó un puesto de editora en una editorial mediana. Estaba encantada con su nuevo trabajo, aunque ya no tenía nada que ver, laboralmente hablando, ni con Satomi ni conmigo, ya que la editorial se dedicaba a publicar libros de negocios y de cultura general. Sin embargo, el trabajo era muy exigente. Debido a las horas extras que tenía que hacer de manera constante, empezó a quejarse mucho. Además, como no trabajaba los fines de semana, se redujeron las oportunidades de vernos. No me gustan demasiado las multitudes, así que suelo salir entre semana. Nuestros días de descanso ya no coincidían, aunque, claro, era solo por preferencia mía, y la verdad es que me resultaba muy pesado salir juntas y tener que soportar sus quejas en mitad de una muchedumbre. Nos distanciamos en un abrir y cerrar de ojos, así que, cuando me enteré de que había enfermado y había tenido que dejar su trabajo, le dije por compromiso que teníamos que vernos un día de esos.

Habían pasado dos o puede que tres años desde la última vez que hablamos. Mientras seguía hablando con Satomi, abrí el correo para ver de qué se trataba.

Al otro lado de la línea, Satomi comentó que ya iba siendo hora de volver al trabajo. Le dije que sí y añadí:

—Por cierto, ¿sabes qué está haciendo Asako ahora?

—¿Asako? Después de dejar el trabajo creo que estuvo de aquí para allá mientras se recuperaba. ¿A qué viene esa pregunta?

—Es que me acaba de enviar un correo —respondí de forma automática, mientras volvía a clavar la vista en el mensaje, revisando su contenido.

Para: Minami Katsuno

¡Buenas noches!

Hace mucho que no nos vemos, ¿cómo estás? Yo ya me he recuperado por completo. Después de dimitir, tuve un par de trabajillos de media jornada, pero desde finales del año pasado he estado de voluntaria en eventos. Ahora ocupo el antiguo puesto de alguien que conocí en uno de los eventos. ¿Y sabes qué? A mis compañeros de trabajo les interesan los santuarios y los lugares encantados. Me he dejado contagiar por su pasión, a mí también me encantan y a menudo voy con ellos a lugares así. Por eso me he acordado de ti, Minami. Recuerdo que una noche, después de cenar por Harajuku, fuimos a un santuario. En ese momento estaba muerta de miedo, pero ¡ahora me chiflan! Por la noche los santuarios tienen cierto encanto, ¿verdad?

Les hablé a mis compañeros de ti y resulta que todos habían leído tus libros y me dijeron que les gustaría conocerte. ¿Podríamos quedar algún día de estos para comer? Hay mucho de lo que quiero hablar contigo.

Asako Yaguchi

Cómo cambia alguna gente. Cuando aún éramos amigas, los santuarios le importaban un comino. Leía historias de terror y de fantasmas, pero su interés era pasajero, no era una lectora que se sumergiese en ellas y muchos menos el tipo de persona que se dedica a visitar santuarios y lugares encantados. Al principio malinterpreté lo que le gustaba, por eso, al poco de conocernos, después de esa cena en Harajuku, propuse que fuéramos a un santuario, lo que la dejó algo extrañada. Siempre me han gustado los sitios religiosos, por eso no me importaba acercarme a uno de noche. Pero, como ella no lo sabía, al entrar al santuario me miró con una sonrisa un tanto vacilante y me susurró:

—¿Eres creyente, Minami?

Que te gusten los templos y santuarios no tiene nada que ver con la religión. Quizá solo te gustan porque eres fanático de la arquitectura o del arte o incluso se puede ser muy devoto y no saber nada sobre santuarios. Yo me considero una persona espiritual, aunque no religiosa, al menos no en el sentido de seguir una de estas nuevas religiones con aire de secta, como parecía temerse Asako.

Por aquel entonces yo pensaba que todos los que iban a sitios así pensaban como yo. Desde ese día han debido de pasar ya cinco años. Ver la perspectiva de Asako fue, en cierto sentido, un golpe de realidad para mí. Existen personas que no creen en lo divino, pero que disfrutan de las historias de espíritus en el papel. Desde que me di cuenta de algo tan evidente, me esforzaba por escribir con esos lectores en mente.

Me pregunté cómo había llegado a pensar Asako que ir a santuarios de noche era algo divertido. Aunque quizá, más que un cambio personal, se trataba de un reflejo de la sociedad actual. En los últimos años, la percepción social sobre lo sobrenatural ha cambiado mucho. Comenzaron a emitir en horario de máxima audiencia programas sobre auras y vidas pasadas e incluso aparecieron revistas especializadas en historias de fantasmas. Se hacían enfoques más cercanos y humanos y no solo se centraban en los aspectos de miedo, como en las novelas de terror, tan populares hacía unos años. Por otro lado, también surgió demanda de relatos sobrenaturales con un toque realista, historias de fantasmas basadas en hechos reales.

Estas historias se centran en el miedo, pero tienen ese toque cercano que he mencionado antes. Y, aunque la narrativa de terror no llega a ser tan popular como la de misterio, es cierto que ha logrado captar la atención no solo de los aficionados, sino también de lectores generales, lo que la hace más accesible. Y junto a todo esto se dio un auge de lo espiritual. Este tema, que ahora se trataba abiertamente incluso en revistas femeninas, ocupaba más de la mitad de las estanterías de libros religiosos en las librerías.

Si uno se fija bien, verá que gran parte del contenido sigue chapado a la antigua percepción de lo sobrenatural. Sin embargo, hay una gran diferencia entre los espíritus y lo espiritual: el miedo. Aunque estos libros traten sobre espíritus, el destino o exorcismos, no suelen presentar la parte aterradora. Algunos incluso rozan lo que podríamos considerar prácticas esotéricas, pero sin atreverse a entrar en los aspectos más oscuros e inquietantes, en los horrores que acechan en las profundidades.

Y los libros sobre auras y piedras y cristales se centran en sus beneficios para el día a día, con una estética femenina y tan bien cuidada que los hacen parecer libros de belleza. Todo esto contribuye también, de alguna manera, a que sean temas más cercanos.

Lo sobrenatural, ese elemento misterioso y omnipresente que ha perdurado desde la Antigüedad, está herido de muerte y se ha ido desangrando en los últimos años, ha perdido su carga mística hasta convertirse en algo cada vez más ligero, como una brisa que flota amablemente a nuestro alrededor. Al menos es lo que yo pensaba. Claro está que yo misma trabajaba en eso, así que sería una hipócrita si me quejara en exceso. De hecho, agradecía que lo espiritual ya no fuera algo tan tabú, ya que desde el incidente de la secta religiosa apocalíptica Aum Shinrikyō bastaba con decir la palabra «religión» para que mucha gente pusiera cara de espanto. Sobre todo me alegraba que, gracias al auge de lo espiritual, hubiera disminuido esa mala imagen que tenía.

El repentino gusto que había cogido Asako

por los santuarios tenía que ser un reflejo de estos cambios en la sociedad. Seguro que ya no le volvería a decir a alguien: «¿Eres creyente?».

—¿Qué se cuenta Asako? —preguntó con curiosidad Satomi por la otra línea.

—Algo de que ahora le gusta visitar santuarios y que quiere verme.

—Vaya, así que ahora le van los santuarios —dijo, tan sorprendida como yo.

El toque ligeramente sarcástico en su tono indicaba que ella también se había hartado de la Asako de hacía unos años y de sus constantes quejas. Al final, aunque compartimos un vínculo de amistad, no lo mantuvimos durante mucho tiempo.

Satomi, al igual que yo, se había distanciado de Asako. Hacía ya mucho tiempo que su nombre no salía en nuestras conversaciones. Y de pronto me llegaba un correo de ella. Era normal que ambas actuáramos con recelo. Nos pusimos a hablar de Asako, recordando algunas anécdotas, y tras unos diez minutos colgamos a toda prisa. Ya habíamos pasado mucho rato cotilleando, ahora tocaba volver al trabajo.

Colgué el teléfono y releí el correo. ¿Debía tomarlo como una invitación a cenar? ¿Tenía que responder? De pronto me sentí agobiada. Cerré la bandeja de entrada y volví la vista al manuscrito; aún quería escribir un poco antes de terminar el día. Sin embargo, como cabía esperar, esa noche tampoco avancé nada.

Capítulo 2

—Porque fue a un lugar encantado solo por diversión… —dijo Mina con la voz temblorosa.

—¿Acaso piensas que se trata de una maldición? No seas boba, murió por causas naturales —respondió Kazuki, dejando escapar una risilla sarcástica por la nariz, pero con el rostro tenso.

Dejé escapar un suspiro. Daba igual lo que hiciera, seguía sin ser interesante. Es difícil que uno mismo juzgue la calidad de su obra, pero si ni siquiera el propio autor encuentra entretenido lo que ha hecho es poco probable que los lectores lo disfruten. En esta profesión, lo ideal es escribir un libro superventas, pero, aunque no acabara vendiendo mucho, al menos quería escribir algo que me pareciera interesante. Si no, ¿qué sentido tendría escribir un libro?

Borré algunas líneas del documento. ¿Cuántos

días llevaba ya repitiendo lo mismo una y otra vez? Antes de darme cuenta, las flores del cerezo ya se habían caído y el calendario del ordenador mostraba que estábamos a mediados de mayo. Conté los días que me quedaban para la fecha de entrega y, si bien aún faltaba, al ritmo que iba esos días pasarían en un abrir y cerrar de ojos.

Volví a abrir el correo. Últimamente tenía la costumbre de escribir unas pocas líneas, borrarlas y ponerme a revisar la bandeja de entrada. Cuando no tenía mensajes nuevos, me entretenía leyendo los blogs de algunos conocidos. En los días especialmente malos miraba el correo cada pocos minutos, así que la probabilidad de encontrar un mensaje nuevo era baja. Hoy ya lo había abierto varias veces. Sin ninguna expectativa, miré la pantalla y vi un mensaje nuevo. Era de Asako.

Para: Minami Katsuno

¡Buenas tardes!

¡Soy Asako! Esta vez te escribo para pedirte consejo. La verdad es que el otro día fui con unos amigos a un sitio que ponía los pelos de punta... Creo que lo llamaron «prueba de valentía» o algo así. Fuimos a una especie de ruinas abandonadas y, sinceramente, fue tan intenso que nos sobrepasó. Fue tan espeluznante que, al terminar, todos decidimos pasar por un santuario para purificarnos. Tras hacerlo nos sentimos mejor, pero desde entonces no han dejado de pasar cosas raras. Por eso quería preguntarte a ti, Minami. Tú eres sensible a lo espiritual, ¿verdad? Yo no sé mucho del tema, así que tengo miedo.

¿Sería posible que quedáramos pronto para hablar? ¡Por favor! Solo para que lo sepas, estaré libre a partir del miércoles cualquier día de la semana, después de las ocho de la tarde. ¿Y si cenamos por Shinjuku?

Sé que estás ocupada, pero considéralo, por favor.

Espero tu respuesta,

Asako Yaguchi

—Ah…

No pude evitar que se me escapara un suspiro. Pero ¿qué demonios estaba haciendo? ¿Una prueba de valentía? ¿Fue tan intensa que los sobrepasó?

—«A mí también me encantan y a menudo voy a lugares así».

El sarcasmo brotaba a borbotones de mi boca.

Al final había respondido a su último correo de un modo muy formal. Ni siquiera había mencionado el asunto del santuario, solo que estaba muy ocupada con el trabajo y que, por el momento, no podía hacer hueco para vernos. Vamos, una manera educada de rechazar su invitación. Desde entonces, y para mi alivio, Asako no había vuelto a escribirme. No es que estuviera cabreada con ella. Aunque me cansaba un poco que fuera tan quejica, la verdadera razón por la que nos habíamos distanciado fue por la diferencia en nuestros horarios y ritmos de vida.

Así que no tenía ningún motivo de peso para no reunirme con ella. Pero había algo que me echaba para atrás: antes siempre salíamos las tres, Asako, Satomi y yo. Independientemente de quién organizara el plan, siempre nos avisábamos entre nosotras. Sin embargo, esta vez Asako no había contactado con Satomi, solo conmigo. Tenía sentido que me hubiera escrito solo a mí, por el tema de los santuarios y lo sobrenatural, pero no me gustaba esa forma de excluir a Satomi. Además, la idea de reunirme con los compañeros de trabajo de Asako me hacía sentir incómoda, yo era más de mantener la vida privada bien alejada de la laboral.

Aunque lo que escribo tiene que ver con mis

gustos, separaba las visitas que hacía a santuarios por motivos de trabajo de las que hacía por motivos personales. Pero para Asako no parecía haber distinción y quería presentarme a sus amigos.

«No lo entiendes, ¿a que no?».

Cuando quedábamos yo no hablaba nunca del trabajo. Bueno, teniendo en cuenta que nos conocimos por trabajo, era normal que confundiera las cosas…

«Pero ¿por qué ahora va y hace cosas tan parecidas a la novela que estoy escribiendo?».

A pesar de que me moría de ganas de criticar a los que van a lugares encantados y luego se sorprenden de que les pasen cosas malas, me paré a reconsiderar la situación y volví a leer el correo.

Quizá podría ser una oportunidad para investigar… El fallo que tenía mi novela era que no conseguía ponerme en el lugar de las personas que van a hacer pruebas de valentía. Esa falta de comprensión me hacía adoptar una postura excesivamente crítica y me impedía entender su mentalidad. Para empatizar, debía juntarme con personas que disfrutasen de este tipo de cosas, y justo tenía una fuente de información a mano.

Mientras contemplaba las palabras del correo, mi cabeza empezó a darle vueltas a un plan. «Si me inspiro en lo que me cuenten para escribir la novela, ¿podría considerarse una falta de respeto? No debería haber problema si soy sincera con mis intenciones desde el principio. De todas formas, como me pidan consejo, seguro que acabo soltándoles un buen sermón. Si dejo clara mi actitud negativa desde el primer momento no pasará nada».

Sabía que solo estaba diciendo cosas para justificarme, pero no quería dejar pasar esa oportunidad. Después de todo, mi manuscrito no avanzaba y esa parecía una opción mucho más constructiva que quedarme mirando la pantalla del ordenador sin hacer nada.

«No me importa tratar con desconocidos siempre que sea para recabar información». Le envié un correo a Asako. Le dije que me gustaría verla y, de manera sutil, le mencioné que tenía una postura negativa respecto a las pruebas de valentía.

El jueves de la semana siguiente, por la noche, fui al restaurante chino en el que habíamos quedado. Ahora que se acercaba la temporada de lluvias, las noches de Tokio eran húmedas y calurosas. Sobre todo cerca de Kabukichō, en Shinjuku, el ambiente estaba impregnado de un desagradable y particular aroma, una mezcla de los chorros de aire caliente de los aires acondicionados de los comercios, el olor a comida y el calor que desprendía la muchedumbre. Conteniendo la respiración sin darme cuenta, entré en el local. Tras cruzar las puertas automáticas de cristal, noté que el aire acondicionado estaba excesivamente fuerte. El golpe de frío me hizo contener la respiración de nuevo y busqué a Asako con la mirada. Ella me vio al momento y levantó la mano. Enseguida le devolví el saludo y la observé junto a sus acompañantes.

Tenía los ojos increíblemente grandes y una cara llamativa. Antes, cuando estaba demacrada y nerviosa, tenía un aspecto apagado y gris, pero ahora transmitía vivacidad. Y aunque acababa de salir del trabajo, no llevaba traje, sino una camiseta índigo y vaqueros. Eso quería decir que le permitían vestir así en el trabajo. Sentados en la misma mesa que Asako había dos hombres y una mujer. Todos vestían de forma casual y, al girarse hacia mí, inclinaron la cabeza a modo de saludo.

–¡Cuánto tiempo sin vernos! –exclamó Asako con alegría y me ofreció asiento.

–Qué pronto habéis llegado. ¿O es que me he confundido yo de hora? –dije mientras saludaba a los otros tres.

Solo nos presentamos, todo muy rápido. Me hubiera gustado saber algo más de ellos, pero la verdad es que detesto responder preguntas sobre mí misma. Más que saber en qué trabajaban, me interesaba saber cómo tenía que comportarme con ellos esa noche. Me sentía muy consciente de mí misma.

Frente a mí estaba sentado un hombre con un poco de perilla llamado Masato Tazaki. Probablemente era algo mayor que yo. Gracias a su cara rechoncha y sonriente, así como a su imponente físico, era el tipo de persona al que se le puede asociar fácilmente con un oso. A su lado, había un hombre unos cinco o seis años más joven. Se llamaba Jun Onodera, era un chico atractivo, aunque su aspecto risueño parecía forzado. Justo en la esquina opuesta estaba Yumeko Wakao. Tenía la piel tan blanca como la porcelana. Era la más joven de todos, pero tenía un aire más tranquilo y discreto que sus compañeros. Los tres me miraban sin ocultar la curiosidad que sentían. Me era imposible saber qué pensaban de mí. Eso sí, lo de que tenían miedo, como decía Asako en el correo, me parecía cada vez más falso.

Estaba claro que habían terminado su prueba de valentía, pero no percibía en ellos ninguna sensación de urgencia. No era la primera vez que alguien me hacía una consulta sobre cosas sobrenaturales. La mayoría era sobre cosas bastante inocuas: pesadillas recurrentes, rachas de mala suerte o una presencia extraña en la habitación. Pero había habido casos en que la situación había sido especialmente grave.

Yo no era médium, por lo que no podía hacer nada ante esos problemas, solo ofrecer consejos basados en los conocimientos que había adquirido sobre el tema. En algunos casos también me había encontrado con personas paranoicas. Estas personas estaban verdaderamente aterrorizadas por los sucesos extraños que acontecían a su alrededor, ya fueran pura imaginación o malentendidos. Durante nuestras conversaciones no era raro que, al revivir esos recuerdos tan horribles, a algunos se les salieran hasta las lágrimas. Las personas que venían a hablarme de estos temas, conocidos o desconocidos, solían empezar con cierta duda y en voz baja, diciendo algo así como: «Esto…, perdona, pero hay algo de lo que me gustaría hablar. ¿Podrías escucharme un momento?».

Era decir esa frase y adoptaban una actitud rarísima, una mezcla de dudas sobre si yo les creería, preguntas sobre su propia cordura y, finalmente, una cierta incertidumbre sobre cómo me tomaría su historia y qué respuesta les ofrecería. Quizá ante un médium de verdad adoptarían otra actitud. Las personas que recurren a un médium están seguras de que los sucesos que han vivido son algo fuera de lo común, algo que no pertenece a la vida tal y como la conocemos. Sin embargo, en mi caso, venían siempre con la misma inquietud: «¿Me creerá?».

Aun así, las cuatro personas que tenía delante no mostraban signos de dudar. Quizá, al estar entre amigos, se sentían más seguros, pero sus rostros mostraban anticipación y expectación, ni rastro de angustia.

«Si es que lo sabía…».

Tal y como habían mencionado, estas pruebas de valentía, los lugares encantados a los que iban, eran un juego para ellos, y el miedo que sentían era algo más parecido al que se experimenta en la casa encantada de un parque de atracciones. Me estaba empezando a aburrir. Aunque tenía de excusa el hecho de que quería recopilar información para mi novela, lo cierto es que, en el fondo, tenía un deseo mucho más simple: escuchar una buena historia de miedo. A fin de cuentas, es a lo que me dedico. Me gustan las historias de miedo, aunque no me gustaría ser la protagonista de una y me agobia cuando me piden consejo sobre cosas sobrenaturales. Lo que más me gusta es escuchar historias de miedo basadas en hechos reales.

Sin embargo, parecía poco probable que ese grupito me diera lo que buscaba.

«Quizá debería tomármelo como una ocasión para salir a beber y punto».

Pese a que me sentía algo decepcionada, si me pasaba la noche rumiando cada detalle no disfrutaría nada de nada. No conocía mucho a esa gente, pero al menos los platos del restaurante tenían una pinta buenísima. Después de un brindis con cerveza Tsingtao, estiré los palillos hacia el calamar en salsa de ostras. Al parecer, ellos tampoco tenían intención de abordar inmediatamente el asunto que nos había reunido allí. Empezaron diciendo lo que pensaban sobre mis libros y se fueron presentando poco a poco.

Los cuatro trabajaban en una empresa de productos alimenticios extranjeros. Tenían una tienda en Ichigaya, Shinjuku, y cerca el mismo propietario había abierto un restaurante especializado en curri. El gerente de la tienda era el de aspecto de oso, Masato. Jun trabajaba ahí a tiempo parcial, Yumeko también, pero en el restaurante, y Asako era empleada en la tienda de alimentos, además de formar parte del equipo de creación de la página web y el boletín de noticias de la empresa.

—Escribo recetas y cosas del estilo —dijo Asako con una sonrisa tímida.

—Ahora entiendo por qué conoces sitios tan buenos para comer —respondí, sincera.

Estaba claro que Asako estaba aprovechando todo lo que había aprendido cuando trabajaba en la editorial para crear contenido en su nuevo puesto. De hecho, hasta daba la impresión de que se divertía en su nuevo trabajo. Y al igual que muchos aficionados a la gastronomía de países exóticos se acaban interesando también por los aspectos espirituales de esas culturas, Asako había incorporado la espiritualidad a su día a día.

Me fijé en que la camiseta que llevaba tenía un patrón esotérico, como de runas. Además, Jun llevaba en la muñeca izquierda una pulsera de cuentas de cuarzo, ónice y ojo de tigre, piedras conocidas por sus propiedades de protección espiritual.

«Conque un amuleto para protegerse...».

Esas tres piedras se utilizan para protegerse de las malas energías y pensamientos negativos. A pesar de que sé mucho de estas cosas, no podía evitar sentirme algo incómoda al ver esos amuletos, quizá por mi naturaleza cínica.

«Si te dan miedo los espíritus, ¿para qué demonios vas a una prueba de valentía?».

Mientras pensaba en eso le di un bocado a la espinaca de agua que acababan de servirme.

No fue hasta que toda la comida estuvo sobre la mesa que Asako y su grupito decidieron sacar el tema que nos había reunido. Masato fue el primero en romper el hielo. Se aclaró la garganta y, encogiéndose de hombros, dijo:

—Supongo que ya lo sabes por el correo de Asako, pero el otro día fuimos a una prueba de valentía y, bueno…, nos han pasado cosas raras.

—A pesar de que fuisteis a un santuario después, ¿verdad? —dije sin soltar los palillos y mirándolo de reojo.

—Así es. Queríamos pedirte consejo, ya que tú puedes percibir ese tipo de experiencias.

Masato entrecerró los ojos y sonrió. Le devolví la sonrisa.

—No soy médium —murmuré sin apenas vocalizar.

No puedo negar que, desde que era niña, he visto cosas a las que no encuentro explicación. Hasta he llegado a escribir libros basados en estas experiencias. Pero no tengo poderes espirituales. Los poderes implican poder afectar o influir en la realidad de algún modo. Yo, sin embargo, tan solo puedo ver. Es como si tuviera una vista especialmente buena. No sé lo que veo ni por qué lo veo, pero mucha gente no entiende la diferencia. Así que en cuanto alguien se entera de que puedo ver cosas acude a mí, esperando más de lo que yo puedo ofrecerle.

Ni siquiera yo misma me percaté de la diferencia hasta que conocí a médiums de verdad. Desde entonces, siempre que he tenido ocasión, me he esforzado en decir: «Solo puedo ver cosas, nada más». Podría haberlo dicho entonces y haberles cortado las alas nada más empezar la charla. Sin embargo, aún me picaba la curiosidad. Temía que, si los rechazaba de inmediato, la conversación se terminara de sopetón. Así que guardé silencio y esperé a que continuaran hablando.

Como era de esperar, Masato y sus compañeros hicieron oídos sordos a mi advertencia velada.

Capítulo 3

Fue justo después de la Golden Week, la semana de fiestas de principios de mayo, cuando fueron a hacer la prueba de valentía. Como durante ese tiempo la tienda había estado abierta al público, se tomaron un día libre cuando acabó todo. Fueron a Gunma, en la prefectura de Kanto, ya que un lugar abandonado allí se había vuelto famoso porque en él aparecían, supuestamente, espíritus.

–Estaba muy de moda en internet, decían que las posibilidades de ver algo allí eran muy altas. Se trata de una antigua planta de procesamiento de madera, pero, al parecer, el lugar sobre el que construyeron ya tenía mala fama desde mucho antes. La compraron, sin saberlo, unos empresarios que no eran de la zona y construyeron hasta casas en el recinto. Sin embargo, los empleados y sus familias empezaron a comportarse de forma extraña: actitudes raras, enfermedades repentinas e incluso suicidios. La empresa acabó quebrando y, finalmente, el presidente se ahorcó –contó Masato.

Fruncí el ceño al escuchar la historia.

–¿Y de dónde demonios has sacado esta información?

–De un foro. La gente se lo toma muy en serio en internet –respondió, mostrándome sus dientes blancos.

Era evidente que no se creía ni la mitad de lo que había leído, no era tan ingenuo como para tomarse al pie de la letra la información de un foro en el que cualquiera podía escribir. Pero, aun así, le habían intrigado las historias que compartían quienes habían visitado el edificio abandonado.

Masato volvió a hablar:

–Algunos incluso subieron fotos del sitio. Aparecían rostros, luces, niebla… Cuando se las enseñé, Jun fue el primero en decir que quería ir.

–Es que nunca había visto una foto de un fantasma –añadió Jun, que había estado asintiendo a lo que decía Masato. Al parecer, le interesaba bastante la fotografía y sabía lo suficiente como para reconocer una imagen falsa–. Y parecían bastante reales, así que me entraron ganas de tomar una yo también.

Se encogió de hombros, riéndose. Él tenía sus propios motivos para querer ir al sitio.

Asentí ante lo que decía Jun y miré a Yumeko de reojo. ¿Qué interés había tenido ella en hacer la prueba de valentía?

–Fue Asako quien… –Ante mi mirada, Yumeko parpadeó varias veces y esbozó una tímida sonrisa, bajando las cejas–. Ella me dijo que no quería ser la única chica y que la acompañara.

–Así que ¿no te interesaba? –pregunté, pero solo porque quería sonsacarle el máximo de información posible.

–Bueno…, pensé que la excursión en coche no estaría mal y que, si no me gustaba, podía irme y coger un tren de vuelta en cualquier momento.

–Pero ¡si al final fuiste la más entusiasmada de todos! –exclamó Asako, riendo quizá con más fuerza de la necesaria.

Yumeko parpadeó de nuevo y clavó la mirada en la cerveza para ocultar su expresión.

«Quizá no se lleven demasiado bien».

Le hice un gesto a Masato para que continuara con la historia. Él sacó un mapa de su bolsa de tela, lo desplegó sobre la mesa y siguió hablando. Me contó que se habían reunido frente a la tienda aquella mañana y se habían dirigido hacia el lugar en coche, como si fuera una especie de excursión.

Por desgracia, esa Golden Week fue muy lluviosa. En Tokio ya estaba despejado, pero en las zonas más al norte de Kanto todavía persistía la lluvia. Aun así, hicieron una parada en Nagatoro y, antes de que anocheciese, continuaron hasta su destino. El edificio estaba en Gunma, cerca de la frontera con Saitama. Querían llegar antes de que oscureciese, pero el viaje fue más largo de lo previsto y, para más inri, tuvieron que conducir por un puerto de montaña.

–Bien pensado, tiene sentido que una planta de procesamiento de madera esté en mitad de la montaña, pero en el mapa no quedaba claro y al final acabamos subiendo por un sendero serpenteante interminable –explicó Masato.

Al fijarme en el punto marcado a lápiz en el mapa, vi que estaba en una zona plagada de curvas de nivel. Me incliné hacia adelante para observarlo más de cerca. No es que sea una experta, pero, tras varios reportajes, he aprendido a leer este tipo de mapas. Además, como me gusta viajar en mi tiempo libre, también disfruto mirándolos y estudiándolos.

La zona señalada, aunque contaba con una carretera, estaba en una especie de valle rodeado de montañas. Había un campo de golf cerca, así que quizá por eso asumieron que se trataba de un terreno más plano. No, lo más probable es que interpretaran mal el mapa desde el principio.

Deberían haberse dado cuenta de que había montañas, al menos, cerca. Alrededor del punto marcado solo había nombres de pueblos escritos con letra minúscula, nada que indicara que se trataba de una región montañosa, pero un poco más lejos había una sierra de más de mil metros de altitud. La ruta que siguieron cruzaba estas montañas, por lo que mínimo subirían a unos quinientos metros de altura.

—¿No hacía frío? —pregunté al fijarme en un arroyo que cruzaba la zona.

—Muchísimo —dijo Asako frunciendo los labios.

Estuvo lloviendo incluso después de que anocheciera, por lo que la temperatura descendió abruptamente a medida que pasaban las horas. Aguantaron gracias a la calefacción, pero, como no llevaban abrigos, al bajar del coche el frío los golpeó con fuerza. Les castañeaban los dientes.

—Tanto Jun como Masato estaban bien, ya que su temperatura corporal es más alta. Apagaron el motor del coche, cogieron la linterna y salieron sin mayor problema.

Por suerte, había un paraguas en el maletero. Asako y Yumeko lo compartieron, mientras que los otros dos iban delante, liderando al grupo. Y así los cuatro fueron hacia el recinto abandonado.

–Estaba oscuro como la boca de un lobo y no había ni un alma –comentó Jun, recalcando lo obvio.

Eran poco más de las siete de la tarde. En la ciudad, esa hora no sería muy diferente del resto del día, pero en mitad del monte no hay sonidos ni colores, tan solo oscuridad. Un poco más atrás, en el camino, todavía había algunas casas desperdigadas por aquí y por allá. Sin embargo, cerca de la planta de procesamiento de madera no había ni rastro de vida. Solo el resplandor de unas pocas y tenues luces mantenían la visibilidad del grupo.

Al final del camino había una puerta de hierro oxidada. No estaba cerrada. Quizá en algún momento, otro allanador se había encargado de romper la cerradura. Aprovechándose de eso, los cuatro atravesaron la puerta y se adentraron en el recinto.

Lo primero que vieron fue una explanada cubierta de cemento, seguramente un antiguo *parking* de camiones. Ahora el cemento estaba plagado de grietas de las que brotaban hierbajos altos y descuidados.

Al fondo distinguieron un edificio alargado

que parecía haber sido una oficina en tiempos mejores. A la derecha, una estructura metálica que quizá sirvió alguna vez de taller. Y, tal como indicaban los rumores, a mano izquierda se erigía una casa de madera con arquitectura tradicional japonesa.

Todo el recinto, sin excepción, estaba vencido, agrietado, oxidado y en ruinas. Las enredaderas y la maleza salvaje habían campado a sus anchas, como si la naturaleza hubiera reclamado el lugar para sí misma.

—Al acercarnos, nos fijamos en que en el taller había varios maderos que se habían caído, aunque estaban tan ennegrecidos y cubiertos por la maleza que nos costó distinguirlos. Pasamos de largo y nos dirigimos a la oficina –explicó Masato.

Según la información que habían sacado de internet, no había un lugar específico en el que se vieran cosas sobrenaturales. Algunas personas decían que habían visto las sombras de trabajadores en la oficina; otras hablaban de una voz de mujer que provenía de la casa. También había historias sobre una masa negra que se movía por fuera de los edificios o sonidos como de maderos cayendo violentamente. Las experiencias variaban según la persona.

—Aunque la mayoría de los que participaban en

el foro no habían visto nada. Decían que eran cosas que les habían contado amigos suyos y que les dieron miedo. Cosas del estilo –añadió Masato con tono burlón.

Parecía no querer dar la impresión de que creía en los fenómenos paranormales. Mantenía la pose de que todo esto, para él, no era más que un juego.

Sin embargo, mientras lo escuchaba, sentí un nudo en el estómago.

Era una sensación parecida a la ansiedad. Analicé este sentimiento tan perturbador. Masato solo había compartido la información del foro. Además, había dicho que ni siquiera los testimonios de las personas que habían ido le parecían auténticos. Y, aun así, estaba segura de que lo que había contado era cierto.

No entendía por qué. Tal vez fuera simplemente mi imaginación descontrolándose, que me hacía sentir miedo porque, en el fondo, soy más cobarde de lo que me gustaría admitir. Incluso pensar en eso era prueba inequívoca de mi cobardía.

Pero no era la primera vez que sentía estas cosas.

Lo había experimentado antes. Cuando, desde el otro lado de la calle, escuché el chirrido de un frenazo seguido de un grito ahogado, cuando vi una ambulancia estacionada frente a la casa de un anciano que vivía solo o cuando sentí unas ondulaciones desconocidas en Tokio, un eco premonitorio del Gran Terremoto de Hanshin-Awaji.

Era... la inquietud en el pecho que precede a la calamidad.

Ahora volvía a tener esa sensación. Sin embargo, aún no sabía ni la causa ni el resultado que podría tener. En pocas palabras, se trataba de una corazonada. Sonreí y le hice un gesto a Masato para que continuara.

–¿Y entonces qué sucedió?

–No pasó nada –dijo Asako, cortando a su compañero–. Es verdad que el sitio daba mal rollo, pero no vimos ningún fenómeno sobrenatural.

Según contaron, el interior de la oficina estaba hecho unos zorros, con mesas y sillas esparcidas por todas partes. Las ventanas estaban rotas y el suelo cubierto por un sinfín de documentos. Pensaron que el lugar estaba en tan mal estado porque lo habrían desordenado los que fueron a la prueba de valentía antes que ellos. De hecho, en las paredes de yeso había varios grafitis, que hacían que el oscuro interior pareciera aún más siniestro y, al mismo tiempo, dejaban en evidencia que sus autores no tenían dos dedos de frente.

–Cuando pensé que nosotros estábamos haciendo lo mismo que esos imbéciles, sentí como si me hubiese caído encima un jarro de agua fría –dijo Asako encogiéndose de hombros y dejando escapar una risilla incómoda.

Los cuatro se dieron cuenta de que estaban haciendo el tonto y ya tenían una edad. Pero ya que habían llegado hasta ahí decidieron seguir explorando, a pesar de que Asako y Yumeko habían empezado a quejarse del frío. Así que el grupo salió rápidamente de la oficina y se dirigió a la casa abandonada.

Era una estructura en ruinas hecha de madera y se notaba que se habían esmerado con los detalles. Por ejemplo, la entrada tradicional japonesa estaba hecha de madera de ciprés. No cabía duda de que había sido una casa lujosa cuando se construyó. Como era una clásica casa de estilo japonés, había soportado mucho peor que la oficina la decadencia y las inclemencias de estar abandonada, aunque no había señales de vandalismo: no había grafitis. Lo que más les sorprendió fue descubrir que el suelo de tatami había sido atravesado por bambúes y árboles.

–Era como si hubiera brotado un bosque en los confines de la casa –comentó Jun.

La vegetación también había cubierto la oficina, pero no tenía ni punto de comparación con el vergel que inundaba la casa. Era como si esa parte del terreno estuviera conectada con la montaña, como si se hubiera convertido en una extensión de la naturaleza.

Solo se podía acceder a la sala de estar y a una salita. Caminaron hacía allí con los zapatos puestos, pero, al llegar al fondo, la vegetación era todavía más espesa: bambúes retorcidos y ramas secas bloqueaban el paso, impidiendo que pudieran seguir avanzando.

Jun se cortó la mano con una hoja de bambú y a Masato lo acribilló una nube de mosquitos. Ahora que se habían topado con problemas de verdad, los cuatro optaron por retirarse a tiempo.

—Y, de pronto, Yumeko se puso a gritar —prosiguió Masato, mirando de reojo a la aludida—. Pegó un chillido agudísimo y empujó a Asako, que estaba detrás de ella, para apartarla de su camino. Le preguntamos qué le había pasado, pero solo nos señaló un punto del bosque de bambú y salió huyendo. Así que apuntamos las linternas adonde nos había dicho y, entre la espesura, en la habitación contigua a la sala de estar, había un altar budista completamente negro.

La puerta que daba al altar estaba entreabierta. Dentro había tres tablillas mortuorias, de las que se usan para recordar los nombres de los difuntos de una familia, cubiertas de polvo y tiradas de mala manera. La tenue luz de las linternas se reflejaba débilmente en los bordes dorados de las tablillas y en una pequeña campana, lo que añadía un aire sombrío a la escena. En cuanto lo vieron, también gritaron y salieron corriendo de vuelta al coche.

—No es normal que dejasen así las tablillas mortuorias… —susurró Asako, claramente afectada.

Masato le dio un sorbo a su cerveza tibia y se inclinó para proseguir con su historia.

—Luego buscamos en internet si alguien había dicho algo sobre el altar, pero no había nada. Parece que fuimos los únicos en adentrarnos tanto en la sala de estar.

Su tono rozaba el orgullo. Miré a cada uno de los presentes. Yumeko tenía una expresión reservada. Asako, el ceño fruncido. Jun, con los brazos cruzados, había adoptado una actitud de desdén. Masato seguía sonriendo.

—Cuando volvimos al coche, nos dimos cuenta de que los mosquitos se habían cebado con nosotros —dijo remangándose la camisa. Tenía una picadura en el codo derecho, roja e inflamada, seguramente de haberse rascado—. Nos picaba tanto que decidimos ir de inmediato a una farmacia a por un antihistamínico, pero Yumeko dijo que se encontraba mal nada más arrancar el coche. Entonces, Asako propuso que fuéramos a un santuario a purificarnos.

—Yo tampoco me sentía bien —intervino Asako—. En el mapa vi el símbolo de una puerta *torii*, ya sabes, las que indican la entrada a un santuario, y estaba cerca, a unos diez minutos. Así que pensé que fuéramos ahí.

—¿Fuisteis a un santuario de noche? —dije en un tono deliberadamente alegre, acompañado de una risita.

El nudo de mi estómago era cada vez más fuerte. Asako también se rio y asintió varias veces.

—En ese momento estaba sumida en el pánico, necesitaba hacer algo.

—Ya veo.

—Así que fuimos y conseguimos calmarnos tras purificarnos.

—¿A qué te refieres con «purificarnos»? ¿Qué hicisteis exactamente?

—Jun y yo recitamos la plegaria de *ōharae*, la que se hace dos veces al año.

—¿Recitasteis el *ōharae* de memoria?

—Sí —asintió con decisión.

Murmuré con asombro mientras alternaba la mirada entre ella y Jun, que tenía los brazos cruzados, con cierta cara de satisfacción.

Fruncí el ceño al instante. «El *ōharae* es una

plegaria muy famosa, pero larga. Si se la saben de memoria quiere decir que seguramente la recitan a diario».

La verdad es que me parecía un comportamiento innecesario para alguien que no fuera sacerdote. Lo normal al ir a un santuario budista es dar una palmada, cerrar los ojos y rezar en silencio; aunque últimamente había notado que había cada vez más personas que recitaban oraciones o mantras en voz alta en los santuarios y templos. No es que eso me pareciese mal; lo que me molestaba era que esas personas solían tener una actitud arrogante o de superioridad. Creían que porque sabían un poco más ya eran mejores que el resto. Por eso les importaban un comino los demás: recitaban oraciones en voz alta, ocupaban durante mucho tiempo la parte delantera del altar e incluso, en algunos casos, se sentaban a meditar en mitad de las escaleras, obstruyendo el paso y la oración del resto.

Podríamos referirnos a ellos como «plastas espirituales». Me daba la impresión de que se multiplican día a día. Quienes no muestran consideración por los demás y se saltan las normas básicas de convivencia no deberían tener derecho a hablar de lo espiritual. Al menos esa es mi opinión. Por eso, al oír que los dos habían recitado la plegaria de memoria, la verdad es que me dio muy mala espina.

«¿Quizá Asako se ha dejado influenciar por Jun?». Me pregunté si haría lo mismo en los santuarios de la ciudad.

Mientras pensaba todo esto, volví a hablar.

—Entonces, a pesar de que hicisteis la plegaria correctamente, ¿os pasaron cosas extrañas?

—No fue para tanto, pero… —comenzó a decir Jun, descruzándose de brazos—. Al volver de la excursión, Yumeko pilló fiebre y tuvo que guardar cama unos días. Era solo un resfriado normal, pero entonces apareció esa foto rara.

—Ah, ¿entonces sí que sacasteis fotos?

—Sí, de la casa solo tomé una foto de la entrada, pero de los otros sitios saqué bastantes —dijo mientras sacaba un portátil de su bolsa. Parecía que iba a abrirlo para enseñarme las fotografías, pero Masato le dio un codazo.

—Pero no fue solo que Yumeko se pusiera mala. Antes de volver a la ciudad, el coche nos empezó a dar problemas. Por más que pisaba el acelerador no cogía velocidad.

—Bueno, eso fue porque casi no nos quedaba gasolina, ¿no? —murmuró Jun entre dientes sin apartar la vista de su portátil.

Masato y Asako protestaron al mismo tiempo.

Al parecer, las palabras de Masato le habían ofendido. Según él, el ritual de purificación había tenido éxito, por lo que prefería atribuir todo lo sucedido después a meras casualidades.

«Tiene mucho orgullo». Tenía pinta de ser el tipo de persona que cree que tiene poderes psíquicos. Seguro que por eso llevaba esa pulsera de cuentas tan elaborada y antes había afirmado ser capaz de reconocer una foto de fantasma falsa de una auténtica. «Pero, entonces, ¿para qué me quieren aquí?». La duda seguía latente en mí, pero todavía no era el momento de indagar en ese punto.

Jun me acercó el portátil y lo cogí. Las imágenes ya estaban en la pantalla.

—Es... Míralas todas, ¿vale? —dijo con tono despreocupado.

Asentí sin mediar palabra y me coloqué el portátil en las piernas.

Como había sacado las fotos por la noche y mientras llovía, la calidad era bastante pobre. Cada foto tenía dos versiones: una con *flash* y otra sin él. Seguramente Jun había tomado esa decisión para aumentar la posibilidad de captar algo sobrenatural, no con la calidad de la fotografía en sí en mente.

Las fotos sin *flash* eran pura oscuridad. Incluso

en las imágenes que sí tenían luz el fondo se difuminaba con la noche y solo quedaban visibles los pequeños detalles, como el óxido rojo de la puerta principal o los charcos de agua estancada en el suelo de cemento. Eran, sin duda, fotografías lúgubres, pero no transmitían nada más allá del miedo normal que da un lugar abandonado por la noche. A pesar de ello, repasé cada foto con cuidado, una por una.

Las imágenes contaban el camino que habían ido siguiendo: desde la carretera al interior del recinto. Cuando llegué a las fotos del taller, no pude evitar murmurar:

—Ah…, fuegos fatuos.

—¿No es rarísimo? —dijo Jun con entusiasmo—. Además, salen en varias fotos.

En las sombrías imágenes destacaban varias esferas blanquecinas. Estas esferas, cuya intensidad lumínica variaba, son conocidas como fuegos fatuos y, hoy en día, son consideradas señales de fenómenos sobrenaturales.

Es una idea que viene de occidente. Aunque las interpretaciones varían de un lugar a otro, muchos consideran que representan el alma de una persona fallecida o un espíritu. Pero debo admitir que a mí las imágenes de los fuegos fatuos me impresionaban bien poco. No es que no creyese en ellos, pero, como aficionada a las historias de terror, los fuegos fatuos me resultaban bastante aburridos. Las fotografías en las que aparece una figura humanoide que no debería estar allí o en las que faltan partes del cuerpo de alguien que sí deberían estar allí son mucho más interesantes y fáciles de entender. Un fuego fatuo puede justificarse fácilmente con decir: «es un reflejo de la luz».

De hecho, cuando los fuegos fatuos se pusieron de moda vi un vídeo de ellos grabado en el Reino Unido, si no recuerdo mal. Fue muy decepcionante y pensé que no hacía falta emocionarse tanto con un vídeo que, en el fondo, no impresionaba nada. Además, según los fuegos fatuos ganaron popularidad en Japón, cada vez se les consideraban más como fenómenos sobrenaturales, pero la calidad de las fotos disminuyó drásticamente. Esto, para mí, los hizo incluso menos interesantes.

Por si fuera poco, Jun sacó las fotos en el exterior, bajo la lluvia. Incluso sin ser escéptica del todo, resulta inevitable pensar que podrían ser el reflejo de las gotas de agua.

Decidí guardarme mi opinión y seguir examinando las fotos. La siguiente imagen también era del taller. En esta ocasión aparecían fuegos fatuos más grandes y pálidos desperdigados por el paisaje. Mientras la miraba, comencé a sentir una ligera sensación de incomodidad. No sabría explicar por qué, pero de algún modo era diferente a la fotografía anterior. Aunque me moría de curiosidad, decidí revisar todas las imágenes antes de sacar conclusiones precipitadas.

En ninguna de las fotografías aparecían personas. Solo se repetían paisajes oscuros y lúgubres, uno tras otro. De vez en cuando, aparecían fuegos fatuos en algunas de ellas. Hubo una foto que me llamó especialmente la atención. No tenía fuegos fatuos, sino algo que se asemejaba al humo de un cigarrillo flotando en la esquina de la imagen.

–¿Y esto? –le pregunté a Jun.

–También es muy interesante, ¿a que sí? Es una foto que saqué desde la entrada de la oficina, pero apuntando al exterior, no al interior.

También era muy común algo de humo o de neblina blanca en las supuestas fotos de fenómenos sobrenaturales. En algunos casos, el humo es tan brillante que puede opacar a una persona o partes de la imagen por completo, pero en esta foto no era así. En comparación, esta neblina simplemente se extendía por el lado izquierdo de la imagen, como si se tratase de una especie de lengua alargada flotando suavemente en el aire.

«Pero el lado izquierdo de la imagen… Por ahí es donde estaba el taller». Con esa sensación de incomodidad aún presente, miré la siguiente imagen. Una vez más, mi mano se quedó paralizada.

—De pronto empezó a llover con más fuerza —dijo Jun mirando la foto.

Así era. La imagen estaba cubierta por pequeñas gotas de lluvia dispersas por doquier, como si hubieran dibujado líneas blancas sobre un fondo negro. Sin embargo, no era el patrón de la lluvia lo que me inquietaba. Había algo en esa foto, al igual que en las imágenes del taller, que me generaba esa sensación de incomodidad.

—¿Desde dónde sacaste esta foto?

—Estaba tan oscuro que casi no se ve, pero la saqué desde la entrada del recinto y salen la oficina y la casa.

Por detrás de las líneas diagonales blancas que trazaba la lluvia se podía ver débilmente la silueta de la oficina. Sin embargo, no veía la casa por ningún lado. ¿Quizá estaba demasiado oscuro como para distinguirla? No. No era eso.

Había algo en la imagen. ¿Pero qué era? Miré con más intensidad. Dejé de forzar la vista. Era solo una fotografía borrosa. Seguramente la velocidad del obturador fue muy lenta y la imagen salió movida por el temblor de las manos de Jun.

Eso era lo que quería pensar, pero volví a fruncir el ceño.

La única parte borrosa era el lado izquierdo, donde tendría que estar la casa. La lluvia e incluso la silueta de la oficina, aunque estaba lejos, se veían perfectamente nítidas. Solo la parte izquierda estaba un poco borrosa, como si se hubiera distorsionado de arriba abajo.

Eché un vistazo rápido al resto de imágenes. La última correspondía a la puerta *torii* de un santuario. «Debe ser la entrada del santuario al que fueron para purificarse». También había una ligera niebla en la imagen, quizá debido al clima.

—«Santuario de la Montaña» –leí en la puerta *torii* del santuario.

—Un nombre muy simple para un santuario, ¿verdad? –dijo Asako encogiéndose de hombros.

—Déjame ver las fotos otra vez –pedí.

Quería volver a ver la primera imagen que me había llamado la atención, la del taller asolado por la maleza. Pasé las fotos rápidamente hasta llegar a ella. El fondo, por detrás de los supuestos fuegos fatuos, seguía pareciendo extrañamente borroso. A simple vista, parecía un problema causado por un pulso tembloroso, pero las esferas de luz estaban perfectamente definidas.

Miré de reojo a Jun. Si era tan entendido en

fotografía como había dicho, ¿por qué no había mencionado nada al respecto? ¿Me estaba poniendo a prueba? ¿O el fondo borroso tenía algún tipo de explicación técnica?

—¿Estas fotos están borrosas porque se te movió la cámara? —pregunté, colocando el portátil sobre la mesa y señalando las dos imágenes a las que me refería.

Jun hizo una mueca extraña al fijarse en las fotos.

—¡Anda, es verdad que están borrosas! —exclamó Asako emocionada.

—Vaya.

Masato abrió los ojos, sorprendido.

—¿Cómo es que no me he dado cuenta...? —murmuró Jun con una expresión de absoluto y total desconcierto.

—¿Ves? Por eso te dije que era buena idea llamar a Minami.

Asako se rio y le dio una palmadita en el hombro a Jun.

«Ahora lo entiendo todo. Jun no quería que yo me involucrase. En su mente, la plegaria de purificación había sido más que suficiente. Y con esto se me aclaran las dudas que tenía sobre él». Aun así, seguía sintiendo esa sensación como de tener una piedra en el estómago.

Hay personas que se fijan en este tipo de fotos

y otras que no. Suele pasar que no les prestan suficiente atención a los detalles, pero en este caso ellos estaban buscando específicamente signos de fenómenos sobrenaturales. En teoría, tendrían que haber estado atentos a cualquier anomalía, por pequeña que fuera. Quizá no se habían fijado porque estaban demasiado distraídos con los fuegos fatuos o por la lluvia.

Pero esa no es la única explicación.

«He visto situaciones como esta antes, y también las he experimentado en mi propia piel».

Cuando alguien no es consciente de que algo raro pasa, por muy evidente que sea, suele ser porque no quiere notarlo. O porque ya está metido hasta el fondo en la anomalía sobrenatural.

«¿Puede que sea eso?».

Miré a Jun. Estaba encendiendo un cigarro, sin mirarnos. Miré a Masato. Sonreía. Miré a Asako. No le quitaba el ojo de encima a las fotografías. Por último, miré a Yumeko. Me estaba mirando.

Tenía una sonrisa tensa plasmada en la cara y la vista fija en mí. Estaba muy pálida. Sin abrir la boca, le hice una pregunta solo con la mirada. Yumeko abrió la boca.

Justo en ese momento, Asako pegó un grito agudo e inesperado.

–¡Ah! ¡Se ha quedado pillado!

Capítulo 4

Al final no pude preguntarles si podía usar la conversación como material para la obra que estaba escribiendo. Después de que el ordenador se quedase colgado, empezaron a discutir si podría tratarse también de una manifestación sobrenatural y la charla se diluyó hasta quedar en nada.

Además, el portátil se quedó sin batería, así que ese día no pudimos volver a encenderlo. Masato le echó una bronca tremenda a Jun porque se le había olvidado traerlo cargado. Sin embargo, Jun insistió en que sí lo había hecho y que lo que estaba pasando era otro fenómeno sobrenatural.

Yo, tratando de mantenerme imparcial, les dije que ese tipo de cosas podían pasar.

De hecho, este tipo de cosas son muy comunes cuando se mantiene una conversación sobre lo paranormal. Pero lo que a mí me preocupaba realmente era que mi libro no avanzaba, y también Yumeko. Quería saber qué había querido decirme antes de que Asako la interrumpiera, así que, cuando nos estábamos despidiendo, le entregué discretamente una tarjeta con mis datos personales.

Ella estuvo callada hasta el final.

La primera vez que nos vimos me pareció una persona reservada, pero no muy diferente a los otros tres. Pensé que quizá hablaba poco porque así era su personalidad, pero por la manera en que me miró… me pareció que estaba aterrorizada.

«¿Acaso sabe algo?».

Aunque tratase de ocultarlo, no podía negar que esta historia había despertado mi curiosidad. Al final, por mucho que diga que era todo para conseguir información para el libro, en el fondo soy una amante de las historias de terror y del ocultismo, así que, si una historia me parece interesante, quiero escucharla sin estar maquinando por dentro.

Además, como ya me han dicho en muchas ocasiones, soy una metomentodo. Alguna vez alguien ha venido a mí en busca de ayuda y he acabado metiéndome en un berenjenal que me superaba. No es que tenga un sentido de la justicia especialmente fuerte, más bien me cuesta decir que no. Soy muy consciente de ello.

Pero es que, si alguien me pide ayuda, no puedo evitar involucrarme y darle vueltas a la cabeza hasta encontrar una solución. ¿Qué es lo que quería decir Yumeko? Me moría de curiosidad. Parecía que estaba a punto de echarse a llorar. Como metomentodo que soy, no podía dejar de pensar en ello.

Esperé a que ella se pusiera en contacto conmigo. Pero no me llamó al día siguiente de la cena, ni tampoco al siguiente.

¿Quizá malinterpreté la situación?

Habían pasado varios días y ya no me acordaba de ella. Volví a mi rutina: trabajar en mi libro, asistir a reuniones y seguir con otros quehaceres. Casi una semana más tarde, recibí la llamada. Durante todo ese tiempo, no había recibido ni un solo correo de Yumeko o de Asako. Después de habernos despedido en Shinjuku no me enviaron ni un mensaje para darme las gracias. La verdad es que me pareció bastante maleducado por su parte eso de pedir que me presentara en un lugar y luego pasar de mi cara, pero a mí tampoco me apetecía mandarles un mensaje, ni aunque fuera solo por cortesía. Si así iba a acabar nuestra relación, pues que así fuera.

El teléfono sonó pasadas las diez de la noche. Al mirar la pantalla, vi que se trataba de un número desconocido. Lo normal hubiera sido que lo ignorara, pero esta vez contesté. Supongo que en el fondo todavía guardaba cierta expectativa.

–Soy Yumeko –dijo una voz de mujer al otro lado de la línea, una voz que, en secreto, había estado esperando. Al oír su suave timbre, sentí una inexplicable sensación de alivio–. Lo siento muchísimo. Iba a llamarte, pero cuando volví a casa perdí la tarjeta con tu información de contacto... La he recuperado justo hoy, después de mucho buscar.

–No pasa nada –dije–. Fui yo la que te puso en un compromiso al darte la tarjeta, pero es que me pareció que querías decir algo. Solo fue por eso.

–Lo siento –repitió en un susurro.

Parecía que, aunque había decidido llamarme, no sabía cómo abordar el tema. Así que, para facilitarle las cosas, mencioné algo que pasó el día que nos vimos.

–¿Ha conseguido Jun arreglar su ordenador?

–No –respondió rápidamente–. Al final sí que estaba roto. Lo ha llevado a que lo reparen, pero... como se borraron los datos de la tarjeta SD de la cámara, ahora no podemos volver a ver las fotos. Jun está convencido de que la culpa la tuvieron las imágenes.

–¿En serio? Pues… –titubeé. No sabía qué era mejor, si decir que lo sentía o que era mejor que esas fotografías hubieran desaparecido.

No quería relacionarlo inmediatamente con un suceso paranormal. Mientras pensaba en qué decir, la voz de Yumeko rompió el silencio:

–Yo también me di cuenta de las cosas raras de las fotos. Cuando las vi por primera vez, se lo dije al resto.

–Entonces, ¿ellos ya lo sabían?

–Eso es lo que pensaba, pero cuando volví a hablar del tema con ellos era como si no se acordasen.

¿No se acordaban o no querían acordarse? Volví a tener pensamientos desagradables sobre qué podría estar pasando.

–Claro que quizá solo me escucharon a medias la primera vez que se lo dije, pero, no sé, me pareció bastante raro.

–Mmm. –Me encendí un cigarrillo–. Entonces, Yumeko, ¿qué piensas tú de las fotos?

–¿A qué te refieres?

–Cuando fuiste al taller y a la casa donde sacasteis las fotos, ¿sentiste algo?

Una vez llegados a este punto, no podía seguir evitando el tema de lo paranormal. Era hora de presionar un poco.

Yumeko empezó a hablar sin titubear:

–El taller en el que estaban los maderos daba miedo. Es decir, todos los edificios en ruinas de la planta de procesamiento de madera daban miedo, pero esto era diferente. No sé cómo explicarlo, pero, nada más posar la vista sobre el taller, se me erizó la piel.

–¿Y dentro de la casa? Cuando gritaste y saliste corriendo, ¿fue porque el altar budista te asustó?

–El altar… –repitió–. No…, no lo vi. No vi el altar.

–Entonces, ¿fue la casa lo que te asustó?

–No. No es eso. –Vaciló un poco, como si estuviera pensando si continuar o no. Y luego dijo con más fuerza–: Yo no vi ningún altar. Al menos, desde donde yo estaba no había ninguno.

–¿Qué? –pregunté sin poder ocultar la sorpresa.

–Todos dicen que había un altar budista, pero yo no vi nada de eso.

–¿Entonces solo te dio miedo?

–No –negó–. Había algo. Cuando iluminé esa zona con la linterna, vi que había una *tokonoma*, ya sabes, esa especie de prolongación del salón de invitados en la que se cuelgan pinturas. Quizá antes de que estuviera la casa en ruinas era un lugar bonito, pero encontrarme ahí de pronto una *tokonoma* cubierta de bambú y vegetación me pareció aterrador, casi surrealista. Aunque, en cierto modo, parecía algo sacado de una película, como si no perteneciera a nuestro mundo, sino a un mundo de fantasía. Por eso me quedé mirándola. Y entonces, de pronto, uno de los pilares…, uno de los pilares junto a la *tokonoma* se retorció, como si fuera una serpiente. Y eso me asustó tanto que salí corriendo.

–¿No había un altar…? –pregunté en voz baja.

–No. Estoy segura –respondió con más fuerza en la voz–. Desde donde estaba no se veía nada que no fuera esa *tokonoma* cubierta de maleza. Pero los otros, al salir, no dejaban de hablar del miedo que les había dado el altar y me sentí incapaz de decirles que no había uno.

Era una historia inquietante, pero aun así tenía una duda.

–¿Y si fuera al revés? ¿Y si eres tú la que vio algo que no estaba ahí?

–También consideré esa posibilidad. Por eso busqué en internet todo lo que pude encontrar sobre esa casa abandonada y en varios comentarios mencionan la *tokonoma*. Cosas como: «Si te adentras en la casa encontrarás…». Masato dijo que fuimos los primeros en llegar al final de la casa, pero no es cierto, solo lo piensa porque no encontró a nadie que mencionase el altar.

Apagué el cigarrillo. Volvió a apoderarse de mí lo que sentí durante la cena: la inquietud en el pecho que precede a la calamidad. Las fotografías de Jun, ahora desaparecidas, volvieron a mi memoria tan nítidas como si las estuviese viendo, y, junto a ellas, el altar que hasta ahora solo había imaginado tomó una forma clara.

–¿Qué hago…? –susurró Yumeko con voz temblorosa.

Al escuchar cómo le temblaba la voz, estuve a punto de decir, por acto reflejo, que fuera a purificarse a un santuario. Pero entonces recordé que no serviría de nada: ya había ido a un santuario y hasta se había purificado con una plegaria en voz alta. Sin saber qué decirle, volví a preguntar.

–¿Les ha pasado algo raro a los demás en estos últimos días?

Opino que, aunque vayas a un lugar encantado y pasen cosas raras, si después tu día a día transcurre con normalidad, no hay motivo por el que preocuparse. Es mi opinión como fan de lo paranormal, pero quizá un médium profesional no estaría de acuerdo. O sea que, aunque estés bajo una maldición o algo así, si no te afecta en tu vida diaria, no hay nada que temer.

Yumeko respondió. Ahora estaba muy seria.

–Las picaduras de Masato han empeorado.

–Tenía el brazo llenó de picaduras de mosquito, ¿verdad?

–Sí. No están sanando y se le ha puesto el brazo hinchado y de color negro. Hasta tiene esa parte del cuerpo más caliente. Fue al hospital y le dijeron que no había sido un mosquito, sino alguna clase de insecto venenoso. Le mandaron un ungüento, pero no tendría que haberse rascado tanto. No parece que esté mejorando y todavía le duele y…

–¿Y…?

–Y Asako está actuando de forma rara –consiguió decir al fin–. Desde que hicimos la prueba de valentía ha estado demasiado animada. Al principio pensé que solo estaba contenta o que tenía mucha energía, pero poco a poco…, sobre todo después de la cena, empezó a comportarse de forma errática. Se va en mitad del trabajo para irse a beber al restaurante y Masato me dijo que había intentado venderle productos de lujo a un cliente nuevo sin dejar de reírse y de ponerle apodos sin venir a cuento. Además, cuando el cliente le dijo que no estaba interesado, se puso a gritar.

–¿De verdad?

–Cuando nos conocimos me pareció una persona alegre, pero no de las que causan problemas –recalcó, como si intentara defenderla.

–Sí, pero siempre ha sido algo excéntrica, ¿no?

–Bueno, sí, pero…

–Pero eso no es normal –dije dándole la razón.

Como ya he dicho antes, Asako es una persona que no suele pensar en cómo afectan sus acciones a los otros. Cuando trabajaba en su anterior empresa y quedaba con Satomi y conmigo, solía criticar a sus jefes abiertamente. Al principio tratamos de empatizar con ella, pero al final ni Satomi ni yo conocíamos a esos jefes, y pasamos nuestros días libres, que tendrían que ser un momento para desconectar, escuchando cómo se metía sin parar con alguien, lo que resultaba agotador. Intentábamos cambiar con delicadeza el rumbo de la conversación, pero Asako no se enteraba y, al poco, volvía a disparar sus quejas como si fuera una ametralladora.

En el fondo, Asako solo quería decir lo mismo que piensa todo el mundo cuando se queja: «Yo tengo razón y soy la única que es infeliz». Pero, por desgracia, las personas nunca podemos transmitir del todo nuestras experiencias personales por más que lo intentemos. Por norma general, casi todo el mundo es más o menos consciente de esto, pero a ella no le cabía en la cabeza algo tan simple y seguía y seguía dándole vueltas a lo mismo. Por eso no me costaba nada imaginar que una chica joven como Yumeko, con un carácter tan tranquilo, se pudiera sentir intimidada fácilmente por Asako.

El otro día, cuando cené con los cuatro, noté que Asako era algo cortante con Yumeko. En ese momento pensé que quizá no se llevaban muy bien, pero ahora me inclino más a pensar que, quizá de forma inconsciente, la ve como alguien fácil de controlar y por eso la trata con cierta superioridad. Puede que esa fuera la razón por la que Yumeko quiso rebelarse un poco y me buscó para desahogarse.

Aun así, traté de no involucrarme demasiado con Yumeko. No está bien juzgar a alguien sin que esté presente para defenderse. Ahora mismo no tenía ningún sentido ponerme a sacar los trapos sucios de Asako. Cambié el tono de voz y pregunté:

–¿Y has notado algún cambio en Jun?

–Ni idea –dijo con voz clara, sin ápice de malestar–. Apenas lo veo por el restaurante de curri y, como encima está a tiempo parcial, tiene horarios muy irregulares. Y Masato no ha comentado nada sobre él.

–Entiendo. ¿Y tú estás bien?

En cuanto pregunté por ella, soltó un suspiro tan profundo que hasta lo pude oír por el teléfono.

—Tengo pesadillas aterradoras —confesó.

—¿Qué clase de pesadillas?

—No las recuerdo, pero al despertar tengo muchísimo miedo y me va el corazón a mil por hora. Todo empezó al volver de la prueba de valentía, después de tener fiebre. No creo que fuera más que un simple resfriado, como dijo Jun, pero empecé a tener estos sueños en los que me despierto gritando y asustada. Quizá se trate de una pesadilla recurrente…

—Ah…

Eso es lo único que logré decir: una interjección.

No podía decirle nada sin saber de qué iban los sueños, pero tampoco podía ir y decirle: «Esfuérzate por recordarlo». Yumeko ya estaba lo bastante asustada. De hecho, que lo dijera todo sin exagerar dejaba claro lo aterrada que estaba en realidad. Si llegase a recordar sus sueños, podría pasarlo aún peor, y no quería ser la responsable de eso. Así que me mordí la lengua y no le pedí que tratase de recordar las pesadillas.

Cuando terminamos de hablar, Yumeko me volvió a preguntar sobre lo que debía hacer. Ya me había hecho una idea del asunto y tenía mi propia opinión, así que decidí compartirla con ella:

—No sé qué te habrá dicho Asako, pero, como ya dije en la cena, no soy una médium profesional. A veces veo cosas extrañas, pero no puedo hacer exorcismos ni nada por el estilo. Te facilité mi información de contacto solo porque me dio la impresión de que querías decirme algo. —Intenté no sonar como si estuviese poniendo excusas, y continué—: Pero, después de escuchar todo esto, sería muy irresponsable por mi parte si me desentendiera y te dijera: «Pues no sé», así que investigaré un poco por mi cuenta. Eso sí, no puedo prometerte que encuentre algo útil. Lo único que puedo decirte es que, aunque te pasen cosas malas, no pienses automáticamente que tiene que ver con algo sobrenatural, ni dejes que te domine el miedo. Y si te ocurre algo demasiado extraño cuéntaselo a alguien en quien confíes.

—Vale. —Parece que mi honestidad había surtido efecto, ya que la voz de Yumeko sonó más aliviada—. ¿Puedo hablar contigo si me pasa algo así?

—No sé si seré de mucha ayuda, pero… Ah, ¿crees que Jun sabía lo que hacía en el santuario? —pregunté de pronto, recordando un detalle.

Yumeko volvió a bajar la voz.

—Él dice que sí, pero no creo que sea cierto.

—¿Lo dices porque la purificación no funcionó?

—En parte, pero más que nada porque escupió en el santuario…

Capítulo 5

Desplegué el mapa de Japón. Como es normal que viaje por el país para investigar para alguna novela, tengo un montón de mapas de todas las carreteras y prefecturas. Hojeé el mapa, contrastándolo con lo que recordaba, hasta encontrar un lugar que parecía coincidir con lo que buscaba. Sin embargo, era demasiado pequeño, no podía ubicar con certeza las ruinas. Masato había sacado su mapa de internet, por lo que era más preciso. Siguiendo su ejemplo, introduje la dirección en una aplicación de mapas.

Cambié la escala y ajusté los puntos de referencia. Busqué a conciencia y conseguí delimitar dónde estaban las ruinas. Las ruinas, como cabría esperar, no aparecían en el mapa. Pero sí logré encontrar el santuario al que habían ido después.

«En el mapa solo sale el símbolo de la puerta *torii*, pero seguramente sea ese».

Dar con el sitio no servía de mucho. Podría fingir que se trataba de pura curiosidad, pero, como me había comprometido a investigar, la verdad es que esperaba encontrar alguna pista oculta.

Me fijé en la topografía de la zona del santuario. Desde las ruinas, la carretera serpentea hacia la montaña siguiendo el curso del río. El santuario está justo por encima de las ruinas. Entre ambos se extiende una estrecha cresta. El camino y el río siguen la curva de la falda de la montaña. Extrañamente, la montaña no tiene nombre ni una altura definida.

En Japón hay muchas montañas que no salen en los mapas. Algunas simplemente no tienen nombre y otras tienen nombres que solo conocen los que viven cerca. Es normal no saber el nombre de una montaña hasta que se visita, así que solo una persona que la conozca de antemano o viva por la zona será capaz de reconocerla a simple vista. Pensé que quizá esa montaña era una de esas.

El santuario se llamaba simplemente «Santuario de la Montaña». En el mapa, el símbolo de la puerta *torii* estaba al lado de la montaña sin nombre. Los lugareños debieron considerar que la montaña era lo bastante sagrada como para construirle un santuario. Me costaba creer que una montaña así no tuviera nombre.

Confiando en mi corazonada, me fijé en los nombres de los lugares que rodeaban la montaña y el santuario. Cerca de la entrada de la carretera encontré un lugar llamado Sakai. Al otro lado de la montaña, había un sitio llamado Kamiiwa. Asentí para mis adentros; ahora entendía mejor las cosas. «Sakai» significa «límite» en japonés, mientras que «kamiiwa» significa «roca sagrada». Es decir, que estos dos lugares señalan dónde está la frontera entre el mundo secular del pueblo y el espacio sagrado de la montaña. No sé si existen en la zona rocas que se consideren sagradas, como indica el nombre del pueblo, pero su escritura en *kanji* emplea el carácter de «kami», que significa «divinidad», por lo que estaba bastante segura de la veracidad de mi deducción.

Seguro que la historia de ese lugar era antiquísima. No pude evitar que se me escapara un insulto hacia Asako y sus amigos. Solo pensar en lo que Yumeko me había contado sobre Jun hacía que se apoderara de mí una ira intensa.

Tras terminar la purificación, mientras bajaban por los escalones de piedra, Jun se dio la vuelta y escupió. Según él, si escupes en un santuario, creas un campo de protección e impides que los espíritus malignos te persigan.

Es cierto que la saliva se ha utilizado históricamente como protección contra el mal. De hecho, hay una superstición japonesa llamada *mayutsuba* que dice que, si te pones saliva en las cejas, los demonios no serán capaces de engañarte. También había oído historias muy antihigiénicas, todo sea dicho, en las que se untaban con saliva los cuatro pilares de una casa para crear un campo de protección contra espíritus malignos. ¿Pero escupir en un santuario?

«Nunca había oído algo así. Qué acto tan desagradable».

¿Habría escupido Jun cada vez que recitaba una plegaria? No, no podía ser. No sería capaz de hacerlo en un sitio que estuviese abarrotado de gente. Lo hizo porque estaba amparado por la oscuridad, porque no había nadie salvo sus amigos. Se atrevió a escupir en el Santuario de la Montaña por eso.

De hecho, Yumeko me comentó que no era la primera vez que iba con Jun a un santuario, que habían ido juntos en otras dos ocasiones y, en ambas, había recitado en voz alta una oración, pero no había escupido. Independientemente de que piense si está bien o mal hacer algo así, si Jun de verdad creyese que escupir protege, no cambiaría su comportamiento dependiendo de si le están observando o no. Ese tipo de actitud oportunista me cabreaba, así como el que hiciera algo que cualquiera con dos dedos de frente sabe que está mal, escudándose en que se trataba de un ritual de protección.

«Son los imbéciles como él los que luego causan más problemas». Maldije a Jun con toda mi alma. Eso sí, recordándolo ahora, me sorprende lo contundente que fue Yumeko al decir que no creía que Jun supiera hacer purificaciones auténticas.

Cuando le pregunté de refilón si le gustaban los santuarios, me dijo que, de manera inconsciente, trataba con mucho cuidado los santuarios, ya que su familia era sintoísta y desde pequeña le habían inculcado el respeto por esos lugares.

Su nombre de pila, Yumeko, se escribía con el *kanji* de «algodón», en referencia al material del que se hacen las cuerdas que se atan a los árboles de *sasaki* durante los rituales sintoístas. Con un nombre con semejante referencia, intuí que sus padres debían de tener amplios conocimientos sobre las tradiciones. Además, cuando le seguí preguntando, descubrí que su familia era una de las más antiguas de Wakayama.

¿Sería una niña pija? Si provienes de una familia con mucha tradición sintoísta, es normal que aprendas un par de cosas sin haberlo estudiado, aunque sea solo por estar cerca. En cierto modo, podría decirse que la verdadera experta en temas religiosos era ella. Es normal que viese con malos ojos lo que hizo Jun. «Además, es posible que tenga algo de sensibilidad espiritual».

No sé si ella misma era consciente, pero quizá esta supuesta sensibilidad espiritual, por contradictorio que pareciera, era el motivo por el que no pudo ver el altar. Y por eso fue la que más miedo pasó. Es decir…

Se me erizaron todos y cada uno de los poros de la piel. Si mis deducciones en base a lo que me había contado Yumeko eran ciertas, entonces las ruinas de la planta de procesamiento de madera que visitaron Asako y los otros eran un sitio mucho más peligroso de lo que había anticipado. Era una situación grave.

Al día siguiente, por la noche, llamé a Satomi. Como le gusta hacer ciclismo en su tiempo libre, conoce bastante bien las montañas de la región de Gunma. No es que esperase que conociera el nombre de esa montaña en particular, pero las guías de montañismo suelen tener buena documentación e incluir ese tipo de cosas. Y está claro que, por mucho que averiguase el nombre, no iba a arreglar nada. Solo quería asegurarme de que fuera un lugar sagrado, tal como sospechaba.

Confiaba en que Satomi tuviera alguna guía que pudiera servirme.

En cuando Satomi cogió el teléfono, soltó un extraño gemido.

—Ah, perdona, ¿te he despertado? —pregunté.

—Qué va, es solo que estoy reventada porque hoy el supermercado tenía ofertas especiales. He comprado una sandía, rábanos, arroz… Pero era todo tan pesado, tan tan pesado.

—¿Has cargado con todo eso tú sola? Espera, ¿y el trabajo qué?

—Hoy es mi día libre. Todavía me tiemblan las manos de cargar con tanto peso. No puedo ni levantar la punta del pincel.

Me aguanté la risa y las ganas de burlarme de ella y fui directamente al grano. Satomi siempre consigue sacarme una sonrisa y me encanta lo risueña que es, pero no era el momento de entretenerse con charlas triviales.

Había tenido una pesadilla. Normalmente trabajaba hasta el amanecer, pero el día anterior, por algún motivo, el sueño me pudo y me fui a dormir temprano. Una vez acostada, pensé en la historia que me había contado Yumeko. Sé que esa fue la causa. Esa misma noche tuve una pesadilla tan terrible que me desperté de un salto. No podía dejar de temblar.

Me llevé la mano al cuello y, al quitarla, descubrí que estaba empapada de frío sudor nocturno. Desde la cama, rodeada por la oscuridad, busqué con la mirada. No había nadie. No había nada. Absolutamente nada. Sin embargo, había una atmósfera pesada y difícil de describir con palabras, una especie de presencia negativa que parecía haber escapado de mi sueño y haberse quedado flotando en el aire.

Encendí la luz, me preparé un café y me fumé un cigarrillo. Aún faltaba bastante para que amaneciera, pero me sentía incapaz de ponerme a trabajar. Aunque mi novela tuviera una trama distinta, como iba de pruebas de valentía no pude ni mirarla. Los gorriones empezaron a cantar y los cuervos a graznar. El sol ya había salido. Permanecí despierta, pensando en el sueño.

«Qué sueño tan aterrador...». Aunque, por más que lo intentase, era incapaz de recordar qué había soñado.

«No quiero verme envuelta en esto». Ese fue mi primer pensamiento al despertar después de haberme vuelto a quedar dormida. El estilo de la pesadilla era idéntico a lo que Yumeko me había descrito. Sabía que no era capaz de recordarla porque estaba sugestionada por su historia. La parte lógica de mi mente lo sabía. Pero aun así...

«No quiero verme envuelta en esto». No podía dejar de pensar en ello.

Para intentar darle alguna explicación o al menos aplacar un poco el miedo que sentía, había decidido buscar más datos sobre la planta de procesamiento de madera abandonada, aunque eso me involucraba todavía más.

—Quiero usarlo de inspiración para la novela.

Le dije esa mentirijilla a Satomi para que lo investigara por mí.

—¿Por dónde quieres que busque?

—Pues la montaña más importante de Gunma es Arakabune, pero podría estar cerca del área de Chichibu. —Le di todos los detalles que recordaba.

Entonces, mientras las dos comparábamos mapas e íbamos acotando las posibilidades, de pronto Satomi exclamó:

—¡Ah! ¡Aquí está! Qué nombre tan curioso.

—¿Cómo se llama?

—Monte Iwai. «Iwai» está escrito con el *kanji* que significa «celebración». Un nombre para atraer a la buena suerte, ¿no te parece?

—Monte Iwai…

A pesar del tono alegre de Satomi, no pude evitar murmurar el nombre del monte por lo bajo.

«Lo sabía». No se trataba de una mera montaña sin nombre perdida en mitad del campo. Seguramente el Santuario de la Montaña había servido en otros tiempos como lugar de culto y veneración del monte Iwai. El hecho de que hubiera dos lugares, uno llamado Sakai, es decir, límite, a la entrada de la carretera, y otro Kamiiwa, roca sagrada, en el extremo apuesto, también indicaba que en el pasado el monte Iwai había sido un lugar sagrado.

Y Asako y sus amigos habían profanado ese lugar.

«¿Ese es el motivo de su maldición? No, calma». Estaba sacando conclusiones precipitadas. La planta de procesamiento de madera era un lugar famoso para las pruebas de valentía, por lo que muchas otras personas habían estado ahí. Si a ellos no les pasó nada, ¿por qué solo le habían pasado cosas raras al grupo de Asako? No tenía sentido.

Además, pensándolo con la mente fría, no había pasado nada que pudiera considerarse como un fenómeno sobrenatural. Lo único raro fue el altar que Yumeko dijo no haber visto y las fotografías. Y hasta eso podría explicarse racionalmente.

«¿Entonces?». De repente me sentí confusa. «Entonces, ¿qué es lo que quiero descubrir?».

Me había centrado en investigar solo la montaña. Sin embargo, pensándolo bien, no había una conexión directa entre la montaña y la planta de procesamiento de madera. ¿Qué relación iban a tener una prueba de valentía y el folclore de una montaña? ¿Por qué estaba tan obcecada en esto? ¿Era porque el tema me atraía personalmente? ¿Qué esperaba descubrir con el nombre de la montaña?

–Pero ¿qué pasa? ¿Vas a escalar ese monte o algo? ¿Es para documentarte? –La alegre voz de Satomi me sacó de golpe del remolino de pensamientos que me asolaban–. Aunque, bueno, este tipo de montes son sosillos. Si quieres ambientar tu novela en una montaña, deberías elegir una más importante.

–¿A qué te refieres?

–Pues un sitio como el monte Myōgi, por ejemplo. No, mejor: escala el monte Kaikoma. Si escalas ese monte y lo usas en tu novela seguro que te vuelves famosa.

–Más que volverme famosa, lo más seguro es que muera en el intento –respondí aliviada a la broma, y me eché a reír.

Luego seguimos charlando de cosas sin importancia durante una media hora, antes de colgar el teléfono justo antes de la medianoche. Para entonces, me sentía mucho más tranquila.

«Me gustan tanto los mapas... Quizá me he dejado llevar por eso». Y, seguramente, después de haber oído la historia de Yumeko, surgió en mí el deseo de aprender algo del sitio, aunque fuese solo un detalle minúsculo. Me convencí a mí misma de que esa era la razón.

Aún había partes que me preocupaban, por supuesto, pero decidí zanjar el asunto de la montaña, al menos de momento. Quería tener algo que contarle a Yumeko cuando volviéramos a hablar, así que busqué el monte Iwai en internet. Había dos lugares en otras prefecturas con el mismo nombre: uno en Tokushima y otro en Shiga; aunque el de la prefectura de Shiga, a pesar de escribirse con los mismos *kanji*, se leía de forma distinta: monte Hori. «Hori» es una de las lecturas alternativas del *kanji* y es un término arcaico para referirse a un sacerdote sintoísta.

«No cabe duda de que es una montaña sagrada». Cuanto más lo pensaba, más me poseía el deseo de saber sobre las antiguas creencias y cultos de esas montañas.

Esa noche no tuve pesadillas.

Capítulo 6

Ya era junio. Yo, como de costumbre, seguía luchando con mi manuscrito. No había vuelto a saber nada de Asako y sus amigos, aunque intenté volver a hablar con Yumeko. Sin embargo, cuando la llamé, saltó el buzón de voz. Lo más probable es que estuviera trabajando. Eso me desmotivó bastante. La verdad es que no tenía demasiado que contarle, solo los detalles generales que había conseguido sobre el monte, por lo que imaginé que, si la molestaba solo para eso, se sentiría más decepcionada que apoyada. Por eso no volví a llamarla.

Siendo honesta conmigo misma, estaba poniendo excusas. Estaba segura de que Yumeko esperaba mi llamada. Siendo como era, seguro que aceptaba sin miramientos lo de que la montaña era un lugar sagrado y le bastaría como explicación para todos los sucesos extraños.

Por mi parte, la historia de las ruinas de la planta de procesamiento de madera seguía grabada a fuego en mi mente. No es que me hubiera sucedido nada raro, pero había algo inquietante en la historia, algo que me hacía imposible olvidarla.

«Me encantaría poder usar esta historia para mi libro». Lo había pensado una y otra vez. Por desgracia, no podía escribir sobre personas reales sin su consentimiento. Intenté por todos los medios crear una historia distinta, pero, cuanto más lo intentaba, más se interponía en mi proceso creativo el recuerdo de la historia de Asako. Entre la frustración y la impaciencia, empecé a rehuir la idea de hablar de nuevo con Yumeko y revivir la historia. Por eso aproveché que ella no había hecho nada por comunicarse conmigo y no volví a ponerme en contacto con ella.

Por suerte, al cabo de medio mes, la influencia que ejercía sobre mí la historia comenzó a desvanecerse. Seguía atrasada con el libro, pero por fin logré centrarme en escribir una historia de miedo completamente inventada. Mi vida había vuelto a su cauce, la ordinaria vida de una escritora de novelas de terror.

Un correo electrónico alteró ese cauce. Era de Jun.

«Asako le ha tenido que dar mi dirección sin

pedirme permiso». Si no, no hubiera podido escribirme. Eso ya me cabreó de primeras, pero luego me enfadé más al ver el contenido del correo electrónico. El correo tenía un montón de archivos adjuntos. En el mensaje, Jun me explicaba que eran las fotografías de aquella noche y que, aunque no habían podido reparar su ordenador, sí que habían conseguido recuperar los datos, por lo que decidió guardar las fotos y, cito textualmente sus palabras, «regalármelas».

«Seguro que te mueres por verlas, ¿a qué sí?» El tono del mensaje era tan despreocupado que solo de leerlo me subió la tensión. Jun y yo no éramos amigos. Ni por asomo. ¿Qué clase de persona le manda a alguien que apenas conoce un correo tan informal? Ningún adulto con sentido común haría algo así.

Además, enviarme las fotografías sin que yo las hubiera pedido era, cuando menos, una falta de respeto. Según Yumeko, Jun estaba convencido de que eran esas fotos las que le habían estropeado el ordenador. ¿Cómo se le ocurría enviármelas?

Daba igual cómo lo mirara, era una prueba de que Jun no se tomaba en serio los peligros de lo sobrenatural.

Seguro que las mandó pensando que me estaba

haciendo un favor, pero yo no podía evitar sentir que me estaba regalando parte de la «maldición». Chasqueé la lengua y cerré el correo. Quería eliminarlo, pero una parte de mí deseaba volver a ver aquellas fotografías.

«¿Y si al volverlas a ver descubro algo nuevo?». Quizá hasta podría encontrar la causa de que las fotografías fueran tan extrañas.

La curiosidad mató al gato. Siempre tengo esa frase en mente. Pero es que me encantan las historias de miedo y los fenómenos sobrenaturales..., y no solo porque sea mi trabajo. Es una afición que viene de mucho antes: ya de pequeña me gustaban los programas de televisión sobre misterios paranormales. Me encanta examinar fotografías en busca de algo fuera de lo común y hasta he llegado a revisar algunas que he tomado yo misma en busca de señales de algo espiritual...

—¡Aaah! ¡¿Cómo se te ocurre enviarme esto, imbécil?!

A pesar del cabreo, me aseguré de guardar a buen recaudo el manuscrito en el que estaba trabajando, abrí el correo con cuidado e hice clic en los archivos adjuntos.

No estaban todas las fotografías. Jun solo me había enviado las de los fuegos fatuos y aquellas que tenían elementos «extraños». Para hacer una investigación a fondo hubiera preferido tenerlas todas, pero me negaba a pedírselas.

Observé las fotos que Jun había seleccionado, pero no vi nada nuevo. Cuatro imágenes captaron mi atención: las dos imágenes borrosas y las dos que mostraban una especie de neblina parecida al humo. Eran efectos que podían atribuirse fácilmente a la lluvia, pero, hasta donde yo sabía, la neblina no tenía ese aspecto.

En ambas fotografías, el contraste entre el humo y el fondo era demasiado pronunciado. Una de ellas la habían sacado desde la oficina, apuntando al exterior. La otra mostraba la puerta *torii* del santuario. Inmediatamente recordé el mapa. En la primera fotografía, la neblina se extendía desde la izquierda. Cuando la vi por primera vez, pensé que venía del taller. Pero, si pensaba en la zona como algo más amplio sin limitarme a las ruinas de la planta de procesamiento de madera, la neblina venía del lado izquierdo, del monte Iwai. Justo donde estaba el Santuario de la Montaña.

Volví a mirar la foto de la puerta *torii*. La neblina cubría toda la imagen.

«¿Podría ser esta la clave del misterio?». Si lo que se veía en la imagen era, de alguna manera, una representación física de la «energía» de la montaña, entonces la neblina podría ser la manifestación de la energía sagrada del lugar.

Pero... estaba demasiado oscuro como para pensar que se trataba de algo sagrado.

«Aunque tampoco es que yo pueda decir con total seguridad si lo es o no». Lo único que podía hacer era conjeturar basándome en mis propias suposiciones e impresiones. «¿Debería borrar las imágenes?». No me parecía lógico conservar algo de tan mal fario. Decidí que miraría las imágenes una última vez y luego me desharía de ellas.

En la fotografía del taller había un montón de fuegos fatuos flotando... Quité la mano del ratón como si me hubiera quemado y di un respingo. En el fondo de la imagen, oscurecida por el brillo de los fuegos fatuos, se alzaba un árbol seco y sombrío con una larga sombra negra.

Allí también había neblina.

La neblina, semejante a una serpiente blanca, se enroscaba en espiral alrededor de las ramas desnudas del árbol muerto.

—No me había fijado... —murmuré para mí misma.

No. Antes no estaba ahí. Estaba segura.

Ese árbol no estaba cuando vi esa imagen en el restaurante chino. Noté cómo se me bajaba la sangre de la cabeza. ¿Sería una broma pesada de Jun? ¿Quizá editó la imagen antes de enviár-mela? ¿O solo lo pasé por alto la primera vez? Intenté escudarme en una explicación racional, pero el desasosiego no desaparecía. El corazón se me aceleró.

Que fuera una broma o un despiste de mi parte era irrelevante. «Tengo miedo». Todavía con la mano temblorosa, cerré rápidamente las imáge-nes. Luego, exhalé profundamente y me recosté en la silla. Un pequeño escalofrío me recorrió todo el cuerpo.

«Solo es un poco de niebla. Es como las otras fotos, algo típico de las supuestas fotografías sobre-naturales». No dejaba de repetirme eso, una y otra vez, intentando convencerme. Pero el nerviosismo que sentía no cesó. No podía quitarme el miedo de encima.

Una idea empezó a rondarme por la cabeza.

Las ruinas eran de una planta de procesamiento de madera abandonada. ¿De dónde sacaban la madera?

«Del monte Iwai». Una montaña que, antigua-mente, había sido un lugar sagrado. Me vino a la mente la silueta de una montaña en la que nunca había estado.

Esa noche, de nuevo, tuve pesadillas. Y, como

las otras veces, era incapaz de recordar qué había soñado. Al levantarme de la cama, noté el cuerpo pesado. Pasé medio día sin hacer nada, sumida en un estado de letargo. Después decidí enviarle un correo a Asako.

En el mensaje le expliqué que no me había parecido bien que le pasase mi información de contacto sin permiso a Jun. Si me lo hubiera preguntado de antemano, puede que, aunque fuera a regañadientes, le hubiera dicho que sí. Pero me resultaba inaceptable que no se le hubiera ocurrido hacer algo tan lógico. Incluso entre amigos, la cortesía sigue siendo importante.

No le mencioné los cambios en las fotografías ni lo que había descubierto sobre la montaña. Me limité a terminar el correo con un severo: «Ten más cuidado de ahora en adelante, por favor».

Recibí la respuesta ese mismo día, pasada la medianoche. En el asunto del correo había escrito «¡Losiento!», por lo que supuse que lo habría redactado a prisa y corriendo. Tal como había imaginado, nada más leer el correo vi que la primera frase era una mezcla entre disculpas y excusas. Aunque, para ser una simple disculpa, el mensaje era demasiado largo, parecía superar las quinientas palabras, todo condensado en un único párrafo, en mayúsculas y en negrita.

«¿Pero qué demonios ha escrito?». Empecé a leer el correo con el ceño fruncido.

Primero se disculpaba y luego pasaba a mencionar el tema de la prueba de valentía, como era previsible. Pero a partir de cierto punto el correo carecía de toda coherencia, las frases eran un caos total, desconectadas entre sí y sin sentido alguno:

LA COMIDA ESTABA RIQUÍSIMA. ESTABA TAN BUENA QUE SE TE CAYÓ SIN QUERER ALGO DE LENGUA DE VACA SOBRE EL ORDENADOR. CUANDO JUN LLEVÓ SU ORDENADOR A REPARAR SU ORDENADOR, ENCONTRARON TRIPAS DENTRO Y SE ECHÓ A LLORAR. TENDRÁS QUE ASUMIR LA RESPONSABILIDAD. HEMOS HECHO CIEN COPIAS DE LAS FOTOGRAFÍAS. SI LAS COMPARTIMOS CON EL MUNDO, QUIZÁ LOS FUEGOS FATUOS APAREZCAN EN MÁS LUGARES. LA LENGUA DE VACA ESTABA MUY ESPECIADA. MI PLATO ESTRELLA ES EL ARROZ FRITO, NO EL CURRI. PERO YUMEKO NO LO ENTIENDE PORQUE TIENE UN ALMA INFERIOR. YA CASI NO VIENE A VISITARME. ES UNA ESTÚPIDA Y APESTA A CURRI. HASTA MASATO SE RÍE DE ELLA. LE DI TU DIRECCIÓN DE CORREO A JUN

PARA QUE MASATO NO SE RIERA DE TI. LO SIENTO MUCHÍSIMO. PERO DE VERDAD QUE LO HICE PARA QUE MASATO NO SE RIERA DE TI. JUN ES UN FOTÓGRAFO ESTUPENDO. SI NO, ¿QUÉ SENTIDO TIENE HABER VISTO EL ALTAR BUDISTA? EL OTRO DÍA VI UNOS GORRIONES PARADOS FRENTE A LA PUERTA DE LA TIENDA Y GRACIAS A ELLOS SE ME OCURRIÓ UNA RECETA PARA CHUPARSE LOS DEDOS...

Sin darme cuenta, estaba conteniendo la respiración mientras lo leía. Aparté la mirada del mensaje y respiré con dificultad, como si estuviera jadeando. «Esto no tiene ni pies ni cabeza».

¿Desde cuándo está actuando así? Yumeko ya me había avisado del extraño comportamiento de Asako. Ya entonces era raro, pero no llegaba a este nivel. Si actuaba así en su día a día, no había manera de que llevase una vida normal. «Es porque...». No. No quería darle voz al pensamiento que me acechaba. «Es porque...». No. Tiene que haber otro motivo. De repente, me entraron ganas de echarme a llorar. No por Asako, sino por el miedo que tenía.

Noté un fuerte dolor en el estómago y apagué el ordenador. No podía seguir trabajando. Dominada por la ansiedad y el miedo, comencé a dar vueltas por la habitación. Hice café, volví a hacer la cama, leí revistas, encendí la tele y ordené el correo atrasado. No podía hacer otra cosa que tratar de distraerme.

Abrí una de las cartas, con el sello todavía intacto, y descubrí que se trataba de una invitación a un evento que organizaba un conocido. Hacía mucho que se había celebrado.

–Ugh. ¡Venga ya!

Aunque había estado completamente ensimismada en mi trabajo, este tipo de descuidos no eran típicos en mí. Barajé la idea de pedirle disculpas, pero, de pronto, me sonó el teléfono.

Me incorporé de un salto y miré el móvil. Sin embargo, el sonido que había oído no era el tono de llamada, sino el ruido que hacía al ponerse a cargar. A veces mi móvil no se conectaba bien al cargador, por lo que tendía a quedarme sin batería sin enterarme. Por ese motivo lo programé para que sonara cada vez que se estuviera cargando.

Me fijé en que la luz que indicaba que estaba cargando se había encendido.

¿Otra vez se había desconectado sin darme cuenta? Me reí de lo cobardica que era y aparté la vista. Pero entonces volvió a sonar. Contuve la respiración y volví a mirar el móvil, que estaba en el borde de la estantería. La luz de carga estaba encendida. De repente, se apagó.

De nuevo volvió a sonar y se encendió la lucecita.

Se apagó.

Se encendió.

Se apagó.

Me acerqué con cuidado a la estantería, como un animal que acecha a su presa, y de un salto agarré el móvil y lo desconecté. Justo en ese momento, oí como un *chof* y noté que algo tibio me mojaba los pies. Era como si los acabara de meter en agua fangosa.

Solté un gritito y dejé caer el móvil al incorporarme de sopetón. El teléfono rodó por el suelo. Miré hacia abajo. No había ni rastro de agua. Tampoco tenía los pies mojados.

Palidecí. Cogí el móvil con los dedos temblorosos y mortalmente blancos.

«No… No quiero verme envuelta en esto».

Volví a sentir lo mismo que la primera vez que tuve aquella pesadilla. Sin embargo, ahora no estaba protegida por el sueño. No estaba segura de si estaría a salvo si seguía mirando hacia otro lado.

«¿Qué debería hacer?».

Aturdida, me senté en el borde de la cama. Cuando había sentido el agua fangosa a mis pies (aunque no había agua), capté el inconfundible aroma a tierra. Era olor a montaña profunda. O quizá el olor de una casa abandonada en mitad del campo, rodeada de decadencia y descomposición.

«¿Qué debería hacer?».

No se me ocurría ninguna solución. Me aterraba no hacer nada, pero también me atenazaba el miedo ante la idea de hacer algo.

«¿Qué debería hacer?».

Esa frase resonaba en mi cabeza, como un eco inútil.

Si tan solo no hubiera mirado esas fotografías. No. Si tan solo no hubiera aceptado la invitación de Asako. Sentía como si el refrán de «la curiosidad mató al gato» se hubiera creado solo para mí. Este era el precio que tenía que pagar por mi codicia, el resultado de haber cedido ante mi malsana curiosidad.

Desde el momento en que acepté la invitación de Asako, había pasado a estar involucrada.

Capítulo 7

A principios de la semana siguiente fui a la tienda en la que trabajaba Asako. Sabía dónde estaba gracias a la tarjeta de contacto que me había dado Masato durante la cena. A pesar de que ya estábamos en la temporada de lluvias, últimamente el cielo estaba encapotado y hacía un calor sofocante e incómodo. Si al menos lloviera un poco, la temperatura bajaría un par de grados. Empapada de sudor, usé el mapa que llevaba en la mano para orientarme y dar con el lugar.

La tienda de alimentos exóticos se llamaba Bazar Gaia. Al lado estaba el restaurante especializado en curri, Swami. Esa palabra es un honorífico indio para referirse a aquellos que son sabios. Las dos tiendas tenían nombres demasiado rimbombantes y pomposos.

Al salir de la avenida principal y adentrarme en una calle más estrecha, encontré una serie de tiendecitas muy encantadoras y elegantes. Giré dos veces más y, finalmente, vi el Bazar Gaia y el restaurante Swami. Los dos estaban en el bajo de un edificio comercial. La tienda de alimentos tenía un escaparate de cristal, mientras que la entrada del restaurante era una puerta de madera decorada con elefantes y conejos pintados con colores que recordaban a la India.

Aceleré el paso. Pasé por delante del Bazar Gaia y entré en el restaurante.

Primero quería hablar con Yumeko. Desde que recibí el correo de Asako y me entró un miedo visceral e inamovible, me había pasado los días descentrada, sin lograr avanzar en el trabajo por mucho que me sentara frente a la pantalla del ordenador.

En mi novela, la prueba de valentía era muy excéntrica, al contrario que en la vida real, por lo que me sentía todavía más desconectada. Aparte de la falta de apego que sentía hacia el manuscrito, cuando pensaba en pruebas de valentía me venía a la mente la desagradable historia de Asako y el resto. Cada vez que encendía el ordenador volvía a recordar las fotografías de las ruinas... No podía olvidar el correo de Asako y la conversación que tuve con Yumeko...

Hasta parecía que mi trabajo estuviera abocado

al fracaso. Cada vez sentía más y más aversión hacia la novela y ya ni me atrevía a encender el ordenador. «Es una maldición». Mi propio miedo me atenazaba como una maldición. Si esto seguía así, acabaría por colapsar.

Estaba desesperada por acabar con esa situación y, por fin, decidí visitar a Asako y sus amigos.

Era mi propia imaginación fuera de control la que había agigantado mis miedos. Tenía miedo porque no entendía lo que estaba sucediendo. El conocimiento ayuda a sobrellevar incluso las cosas más aterradoras, ayuda a decidir sobre qué merece la pena preocuparse. Necesitaba saber cómo estaban Asako y los otros para tener más información. «Aunque, seguramente, lo único que pueda hacer sea cortar todo contacto con ellos…».

Al abrir la puerta, me recibió el agradable aroma a especias. La luz de la calle no entraba al restaurante, por lo que estaba algo oscuro. Era mucho más pequeño de lo que había anticipado: cuatro mesas y un mostrador, todo de madera natural. Había tres clientes dentro. Busqué con la mirada a Yumeko.

–¿Minami? –dijo una voz desde el mostrador.

Me giré sobresaltada y vi cómo Asako se incorporaba. Inconscientemente, me tensé.

Cambié de inmediato mi expresión por una sonrisa incómoda y entré al restaurante.

—Anda, ¿qué haces en el restaurante? Pensé que trabajabas en la tienda de al lado.

—Es que no tenía nada que hacer —respondió sin vergüenza alguna.

Me tomé su respuesta como una invitación y me senté junto a ella. En la barra, frente a Asako, había un vaso de cerveza y un cuenco con aperitivos. Me fijé en que Yumeko estaba en la cocina. Confusa, esbozó una sonrisa cuando nuestras miradas se cruzaron y parpadeó. Así que era verdad que Asako se dedicaba a beber en vez de trabajar. Seguramente Yumeko no sabía cómo decirle que no y acababa cediendo ante su insistencia.

—¿Bebiendo en horario laboral? —pregunté.

—Es que últimamente hace un calor insoportable —volvió a responder sin un ápice de vergüenza.

Definitivamente le pasaba algo raro, pero no parecía tan fuera de lugar como aquel mensaje de correo electrónico tan caótico que me había enviado.

—Bueno, es verdad que hace mucho calor… Como tenía sed, decidí pasar por aquí antes de ir a la tienda.

Me inventé rápidamente una excusa para justificar por qué había entrado al restaurante y no a la tienda de productos exóticos.

Asako no pareció darle importancia.

—¿Quieres una cerveza?

—No, mejor un café con hielo. Oye…, ¿puede ser que hayas engordado un poco? —pregunté al fijarme en su cara.

No era una manera de recriminarle que estuviera bebiendo y picando en vez de estar trabajando. De verdad que tenía un aspecto distinto al de hacía un mes. Tenía la cara hinchada, y parecía que sus brazos, apoyados sobre el mostrador, estuvieran a punto de reventar. Llevaba la camisa pegada al cuerpo, se le marcaban los michelines y el pecho casi se le salía del sujetador.

—Pero ¡qué cruel! Mejor di que ahora tengo más curvas —soltó con una sonora carcajada.

Al oír su risa, encogí los hombros, amedrentada, y le lancé una mirada a Yumeko. Estaba lavando platos y, al contrario que Asako, estaba más demacrada que la última vez que la había visto.

—Yumeko, ¿llevas el restaurante tú sola?

Yumeko alzó la vista.

—El gerente no se encuentra bien, así que estoy sola hasta que vuelva.

—¿Te refieres a Masato?

—No, el gerente de Swami.

—Ah, qué mal.

El gerente del restaurante no había participado en la prueba de valentía, así que debía ser mera casualidad que estuviera enfermo. No tenía que darle más vueltas.

–¡¿A quién le importa?! –exclamó de pronto Asako, interrumpiendo mis pensamientos–. Hacer curri está chupado, solo hay que hervirlo. Mientras no se le olvide darle vueltas a la olla, saldrá bueno.

Su tono era malintencionado y algunos de los clientes se giraron hacia nosotras. Sin darme cuenta, la fulminé con la mirada. Recordé el mensaje perturbador que me había enviado. En él también había un rastro evidente de odio hacia Yumeko. No sabía el motivo, pero estaba claro que la despreciaba.

Y yo no podía dejar pasar por alto ese comportamiento.

«Es evidente que algo anda mal. Asako ha cambiado repentinamente». Siempre había tenido poco tacto, pero era una persona sensata y alegre. Incluso se quejaba tanto de su trabajo porque se lo tomaba muy en serio y le importaba. Además, la Asako que yo conocí se preocupaba mucho por su aspecto. Siempre iba peinada y maquillada y vigilaba las calorías que consumía. Ahora no quedaba ni rastro de aquella persona.

No es que hubiera cambiado, más bien parecía otra persona. Su nombre, su ADN y todo lo demás seguiría diciendo que era Asako Yaguchi, pero la mujer que tenía sentada frente a mí no era mi amiga. Era una desconocida.

¿Por qué estaba pensando algo tan exagerado?

Ni yo misma lo sabía. Pero nada más aparecer ese pensamiento, sentí una pesada opresión en el estómago, una sensación de miedo, leve pero persistente, que me envolvía por completo.

En ese momento llegó Yumeko con el café con hielo. Me lo bebí en silencio. Había una atmósfera cargada e incómoda.

«Tengo que hablar con Yumeko a solas».

No había hecho el esfuerzo de mantener el contacto con ella, pero ahora no podía pensar en otra cosa. Asako volvió a abrir la boca.

–¿Viste las fotos que te mandó Jun?

La pregunta me pilló por sorpresa y no pude evitar titubear.

–Eh… Bueno… Las fotos…

–¿No te llegaron? Le diré que te las vuelva a enviar.

–¿Qué? No, no… Sí que las vi, pero son tan aterradoras que no las he podido examinar a fondo –mentí a toda prisa. Si confesaba que las había borrado, seguro que insistía en reenviármelas.

–¡Pues tienes que mirarlas bien!

Asako me acercó la cara. Retrocedí casi sin

darme cuenta. Le brillaban los ojos con una intensidad perturbadora. No era la emoción de alguien que está hablando de algo que le gusta mucho, más bien me recordó a la mirada de un depredador que acecha a su presa.

Inspiré profundamente. Estaba asustada. No quería hablar más de las fotos.

—Ah, por cierto, sobre el correo que me enviaste el otro día…

Tenía tanta prisa por cambiar de tema que dije lo primero que se me vino a la cabeza.

De pronto, Asako hizo una mueca.

—¡Ya me disculpé por lo de Jun! ¡¿No te sirve?! —gritó con tanta fuerza que me dio la impresión de que agitó el aire.

Oí cómo algunos de los comensales exclamaron a nuestras espaldas y, luego, el sonido de un vaso al romperse contra el suelo.

—¡Qué pesada eres! Ya lo he pillado. No lo volveré a hacer, ¿vale? ¿O es que quieres que me arrodille y te suplique perdón?

Yumeko salió corriendo de la cocina con una fregona y un trapo, claramente afectada. Yo me quedé paralizada del susto. Solo podía quedarme mirando a Asako como un pasmarote.

Temblaba de la ira y tenía la cara completamente roja. Me miraba con una intensidad aterradora.

Las pupilas estaban contraídas y venillas enrojecidas hacían destacar de manera inquietante el blanco del fondo de sus ojos.

–Yo... No quería decir eso... –logré articular. Tenía las axilas empapadas de sudor frío y mi boca parecía negarse a reaccionar.

Asako no cambió la expresión. Traté de controlar el tembleque que tenía por todo el cuerpo y continué:

–Es solo que... me sorprendió lo largo que era el correo.

Una carcajada desquiciada atravesó el restaurante. Asako se estaba riendo con la barbilla levantada.

Uno de los clientes se marchó. Oí cómo Yumeko le daba las gracias por su visita con tono triste.

Me coloqué bien sobre la silla y le di un sorbo al café. Estaba en una especie de *shock*, a punto de caer en la desesperación. No tenía ninguna duda: no estaba hablando con la Asako que yo conocía.

«Así que recuerda haber enviado el correo».

Ese correo inquietante era parte de su supuesta disculpa. ¿Recordaría todo lo que escribió? ¿O solo recordaba haberse disculpado vagamente?

No tenía el valor para preguntárselo, y, aunque lo hubiera hecho, no estaba segura de ser capaz de entender la respuesta.

«Tengo que hablar con Yumeko».

No. Lo que quería era irme a casa. Me empezó a doler la cabeza de la tensión. Apuré el café y traté de levantarme.

–Por cierto, ¿a qué has venido hoy? –Asako se adelantó a mi intento de huida y se acercó todavía más a mí, mirándome fijamente.

Contuve un suspiro y me forcé a sonreír.

–Como no habíamos hablado desde la cena, quería ver cómo estabais.

–Conque estabas preocupada por nosotros. Entonces, ¿por qué no nos acompañas la próxima vez que vayamos a algún lugar abandonado? –preguntó con una sonrisa. Ya no quedaba rastro de la ira de hacía unos instantes.

Me quedé con la boca abierta, incapaz de responder.

–Fue muy divertido, así que estamos pensando en volver a ir al mismo sitio que la última vez. Y nos gustaría que vinieras con nosotros.

Tuve que morderme la lengua para no gritar «¡ni muerta!». Negué con la cabeza.

–No, gracias. Prefiero no ir.

–¿Por qué? –Asako frunció el ceño.

«¿Y si se pone a gritar otra vez?». Solo de pensarlo me entró ansiedad. Pero estaba agotada mentalmente, no me quedaban fuerzas para tratar de apaciguarla o anticipar sus cambios de humor. Decidí ser honesta y confesar.

—Pues no te lo había dicho, pero la verdad es que estoy escribiendo una novela que va de una prueba de valentía en la que supuestamente ocurren sucesos paranormales. Pensé que vuestra historia podría servirme de inspiración, así que fui a la cena para recopilar algo de información…

Antes de que pudiera terminar la frase, Asako me interrumpió emocionadísima.

—¡¿Salimos en tu novela?!

Negué.

—Los personajes lo pasan fatal en mi libro. No podría usar personas reales para esas situaciones. Y, como ya sabes, no me parece bien que la gente vaya a lugares supuestamente encantados solo por diversión.

—Ah, ¿no? —Los ojos de Asako brillaron de forma amenazadora.

Quizá estaba a punto de enfadarse, pero esta vez no me iba a amedrentar. Tanto desde un punto de vista moral como religioso, ir a hacer el tonto a un lugar que se dice que está encantado o con raíces espirituales es inaceptable. Si haces eso y te pasa algo malo, solo estás cosechando lo que sembraste.

No iba a cambiar de idea. Además, había sacado el tema porque albergaba cierta esperanza. He estudiado muchos casos de personas que han hecho pruebas de valentía, conozco los peligros asociados a esta actividad. Si pudiera explicárselo a Asako, si pudiera hacerle ver cómo había cambiado, no solo físicamente sino también su personalidad, y achacar todos esos cambios a una especie de maldición por haber ido a las ruinas, quizá podría lograr que reflexionara.

Empezó a brotar en mi interior un sentimiento de esperanza, pero se marchitó en cuanto Asako volvió a abrir la boca:

—Está bien. No me importa. Puedes usarnos para la novela. Quizá hasta nos volvamos famosos. —Se giró hacia Yumeko y le sonrió.

Yumeko le dedicó una sonrisa incómoda desde detrás del mostrador.

—Solo es un libro de terror... —murmuré.

Asako siguió hablando.

—Pues por eso mismo deberías usar nuestra experiencia para el libro. ¿A que sí, Yumeko? Puedes poner de gancho algo así como: «Aquellos que van a lugares encantados por diversión acaban pagando caro sus actos».

Levanté la cabeza sobresaltada.

—¿Es que te ha pasado algo?

—Qué va, qué va. —Y de nuevo soltó una carcajada desquiciada.

Fruncí el ceño inconscientemente. Estaba claro que Asako había cambiado, pero ¿le habría pasado algo extraño, como a mí? Incluso si se lo preguntaba, nada me aseguraba que me respondería coherentemente. Por un momento me planteé preguntárselo, pero al final decidí dejarlo estar. Ya había dicho que no le había pasado nada y no parecía que fuera a confesar por mucho que insistiera.

Saqué la cartera, señal de que estaba lista para marcharme, y aproveché para añadir algo antes de irme:

–En cualquier caso, como ya he dicho, no pienso acompañaros a esa montaña.

Justo cuando terminé de decir la frase, me fijé en que Yumeko temblaba un poco. Nuestras miradas se cruzaron. Tenía una expresión… familiar. La misma mirada cargada de intención que puso cuando nos conocimos.

Capítulo 8

Me reuní con Yumeko ese mismo día, por la tarde. Esta vez fui yo la que contactó con ella. Antes de que pudiera explicarle el motivo de la llamada, ya me estaba proponiendo un lugar y hora para vernos. Le dije que sí a lo que me propuso, pasé rápidamente por casa y fui a donde habíamos quedado: una cafetería-restaurante a dos paradas de tren del Swami.

Este tipo de sitios eran más tranquilos que un bar, pero con suficiente gente como para que nuestra conversación pasara desapercibida, habláramos de lo que habláramos. Además, un ambiente luminoso y familiar nos ayudaría a hablar de un tema tan peliagudo como el que nos tocaba tratar.

«Es un buen sitio». Eso es lo que me rondaba la cabeza mientras esperaba a Yumeko tomando un café. Aún no había aparecido. No podía concentrarme en el libro que me había traído, así que, al cabo de veinte minutos, la llamé.

Me respondió una robótica voz femenina:

–El número al que llama se encuentra apagado o fuera de cobertura.

«¿Quizá está en el tren?». No. No era eso. Me forcé a leer el libro con una mezcla de ansiedad y frustración. Decidí esperar una hora. Si al cabo de ese tiempo no había llegado, volvería al Swami.

Cualquier persona pensaría que Yumeko y yo llevábamos una vida ordinaria. Lo mismo pasaba con Asako. Nadie levantaba la ceja si una persona engordaba de pronto o se volvía algo más irascible. Quizá Yumeko era simplemente una persona un poco despistada e impuntual.

Sin embargo, cada vez se acrecentaba más en mí la sensación de catástrofe inminente. No tenía una explicación lógica, era algo visceral.

Pasó otra media hora y estaba casi rezando, pidiendo en silencio que no le hubiera pasado nada. Casi una hora más tarde, Yumeko apareció por la puerta.

Daba la impresión de que había venido corriendo: tenía el pelo alborotado, la frente perlada de sudor y respiraba entrecortadamente. Nada más verla, me incorporé de golpe.

Yumeko se acercó con rapidez.

–Gracias por esperarme –dijo con una expresión que no supe descifrar. No sabía si estaba aliviada o a punto de echarse a llorar.

Creo que yo también estaba poniendo una cara similar. Noté cómo la tensión acumulada en mis hombros se desvanecía. Sin darme cuenta, llevaba todo ese tiempo contrayendo el cuerpo.

–Siento mucho haber llegado tarde.

Yumeko se limpió el sudor de la frente con el dorso de la mano e inclinó la cabeza en señal de disculpa.

Volví a sentarme y le indiqué que hiciera lo mismo. Yumeko tenía la respiración muy agitada, seguro que había corrido mucho. Le dio un gran sorbo al vaso de agua que había sobre la mesa y trató de calmarse.

–¿Qué ha pasado? –le pregunté cuando la vi más recuperada.

–Un cliente no quería irse del restaurante a pesar de que le dije que teníamos que cerrar. Para colmo, cuando iba a cerrar, no encontraba la llave por ningún lado. Y me ha costado mucho encontrarla…

Yumeko pidió un té helado y siguió hablando:

–Traté de llamarte, pero me decía que el teléfono estaba apagado o fuera de cobertura.

–A mí me pasó lo mismo.

En cuanto pronuncié esas palabras, sacamos los móviles.

¿Quizá había mala cobertura en el Swami? No, antes la había llamado sin ningún problema. Yumeko alzó la vista con una expresión de preocupación en el rostro.

–No me sale ninguna llamada perdida.

–A mí tampoco –contesté.

Su rostro se ensombreció. Suspiré y volví a guardar el teléfono en el bolso.

–Las llaves aparecieron en un sitio en el que ya habías buscado, ¿verdad?

–Sí…

–Bueno, al menos hemos logrado vernos –dije con una sonrisa de resignación.

Yumeko esbozó una pequeña sonrisa y se relajó. Comentó que tenía hambre y que quería comer algo, pero no pude evitar reírme cuando me dijo que después de trabajar en el restaurante evitaba comer curri a toda costa.

Entendía cómo se sentía. Yo también tenía algo de hambre, así que pedimos unos postres. Mientras comíamos, evitamos hablar de temas importantes. Ambas sabíamos que, si empezábamos, perderíamos el apetito. No comenzamos a hablar del asunto hasta que terminamos de comer y pedimos otra ronda de bebidas.

—Siento lo que pasó en el restaurante —dijo, disculpándose por el comportamiento de Asako.

Negué con la cabeza.

—No fue culpa tuya. Es tal como me dijiste por teléfono: está desquiciada.

—Sí. Ha cambiado muchísimo —dijo con la cabeza gacha.

Yumeko no había leído el perturbador correo que me envió Asako, pero no hacía falta. Era plenamente consciente de que su comportamiento era anormal.

—¿Masato y Jun no han dicho nada?

—Ni idea. Imagino que también habrán notado que le pasa algo raro, pero no he hablado mucho con ellos últimamente.

Aunque estaban al lado, parece que los empleados del restaurante y de la tienda no se veían demasiado. O quizá ellos también estaban lidiando con sus propios demonios.

Estaba algo sorprendida, pero preferí aclarar mis dudas antes de desviar la conversación.

—¿Por qué te asustaste esta mañana, cuando dije que no iría a la montaña? Me quedé pensando en ello y por eso te he llamado.

—Pues… —Yumeko titubeó—. Fue porque dijiste que no irías a la «montaña».

Se quedó mirándome, esperando mi reacción.

–Ah…

Ahora lo entendía. Había dicho que no iría a la montaña. Lo lógico hubiera sido decir que no iría a las ruinas. Pero el hecho de que Yumeko se hubiera fijado en ese detalle quería decir que seguramente ella también sospechaba del monte Iwai.

–¿Te referías a la montaña que está detrás del santuario? –preguntó con cautela.

Asentí. La misma montaña que estaba detrás de la planta de procesamiento de madera abandonada.

–Lo sabía –murmuró, y, con una velocidad que no había visto antes en ella, continuó hablando–. Al principio creía que lo más aterrador de ese lugar fue el altar budista, pero no he podido dejar de pensar en la montaña. Lo que pasa es que como fuimos de noche no me fijé bien en el paisaje. Solo recuerdo un camino oscuro protegido por cientos de árboles. Pero ahora, cuando pienso en la montaña, veo imágenes más nítidas: la manera en que la carretera desaparecía para darle paso al camino de tierra, el bosque tenebroso a espaldas del santuario… No sé por qué, pero cada vez lo recuerdo mejor.

Bebió un poco de agua antes de continuar.

–¿Recuerdas que te conté que estaba teniendo

unos sueños aterradores? Últimamente creo que sueño con esa montaña.

–¿Por qué piensas eso?

–Ya no me pasa todas las noches, pero sigo teniendo la misma pesadilla recurrente. O al menos creo que es la misma. La verdad es que no consigo recordarla, pero estoy empezando a recuperar fragmentos del sueño. Todo está muy oscuro, oigo cómo el viento hace crujir las ramas y sé que estoy rodeada de naturaleza. El suelo está húmedo, hay rocas, insectos… Pero apenas puedo ver. Siento que estoy perdida, que no puedo encontrar el camino de vuelta a casa. Noto cómo anochece y me quedo completamente paralizada por el miedo. Y entonces las ramas crujen cada vez con más fuerza y algo terrible se acerca a mí desde lo más profundo de la montaña.

–¿Qué es lo que se acerca?

–No lo sé. A veces me da la impresión de que es un monstruo enorme, pero en otras ocasiones creo que son cientos de personas que se abalanzan sobre mí. Pero no recuerdo qué pasa después. –Hizo una mueca, como si solo hablar de la pesadilla le diera miedo. Jugueteó con la pajita de su bebida y luego añadió–: ¿Por qué mencionaste la montaña, Minami? ¿Tú también tuviste una pesadilla? ¿Qué pasa con ese sitio?

Saqué el mapa que llevaba en el bolso desde esa mañana.

—Empecé a pensar que había algo raro con la montaña después de buscarla en el mapa. Por eso fui a verte hoy al restaurante.

Desplegué el mapa sobre la mesa. Yumeko trazó el camino hasta el santuario con el dedo.

—Sí. Ahí es a donde fuimos.

—Menos mal, no me equivoqué de sitio.

Le expliqué a Yumeko lo que había descubierto y mis elucubraciones mientras señalaba el mapa. La forma en que el santuario y las ruinas estaban prácticamente alineados en un eje norte-sur. Le hablé de los pueblos cercanos, Sakai y Kamiiwa, y del significado de sus nombres y de que era más que probable que la montaña y sus alrededores hubieran sido un lugar sagrado en otros tiempos. También le comenté que quizá la planta de procesamiento de madera había obtenido su materia prima precisamente de esa misma montaña y que eso podría haber sido el desencadenante de una especie de maldición. Y que esa supuesta maldición era lo que podría estar causando el comportamiento extraño en Asako y el resto de las cosas incomprensibles que habían ido pasando.

Fue una explicación que mezclaba pruebas racionales con suposiciones espirituales.

–Cuando un santuario cae en el olvido, su energía sagrada se corrompe. Es posible que eso es lo que haya pasado con el monte Iwai y el Santuario de la Montaña.

–El monte Iwai… –Yumeko pronunció el nombre como si fuera un trozo de comida que se le había hecho bola en la boca–. ¿Estás segura?

No era una pregunta retórica. Había algo que no acababa de convencerla.

–¿A qué te refieres?

–Es que me daba la impresión de que era algo más… –Cerró la boca y dejó la frase a medias. Quizá pensaba que me iba a enfadar si expresaba su opinión. Puse una expresión afable. Yumeko se fijó y continuó–: Yo soy de campo y, de donde vengo, somos muy supersticiosos. Mi abuela y mis vecinos me contaban historias en las que las personas que ofendían a los dioses eran castigadas por ello. Uno de mis vecinos tuvo una vez un accidente horrible y perdió una pierna. Unos días antes del accidente, después de haber bebido demasiado, golpeó una de las estatuas de zorro del santuario con un martillo. Nunca fue a pedir perdón o disculparse y me abuela se enfadó muchísimo con él. Luego lo atropelló un camión y tuvieron que amputarle la pierna. Nadie se lo dijo a la cara, pero ninguno de los vecinos sentía pena por lo que le había pasado. Esa es la mentalidad de mi pueblo natal. Por eso creo en lo que me estás contando, pero... El santuario y la planta de procesamiento de madera abandonada tenían un aura extraña, muy distinta a las historias a las que estoy acostumbrada.

—¿Es posible que tengas habilidad para presentir cosas sobrenaturales, Yumeko?

Yumeko negó inmediatamente.

—¿Estás segura? —insistí.

Yumeko evitó mirarme a la cara y respondió en voz baja.

—No creo que tenga una habilidad así, pero una vez vi un espíritu... o algo así. Fue nada más llegar a Tokio, cuando me sentía muy sola. Vi a mi difunda abuela.

—¿Tu abuela y tú erais muy cercanas? —pregunté con una sonrisa.

Yumeko asintió, casi como si fuera una niña pequeña.

—Pero no creo que tenga ninguna habilidad especial. Es más como una sensación, algo que me afecta a la piel. Cuando escucho historias de miedo o voy a lugares tétricos, se me pone la piel de gallina y me entra mucho frío. También noto como una sensación de presión. Me pasa desde pequeña, pero he aprendido a reconocer estos síntomas con el tiempo. Por eso digo que el aura del monte Iwai y el de las historias de mi pueblo son diferentes.

Lo que me estaba contando era, técnicamente, una habilidad para presentir cosas sobrenaturales, pero pensé que era mejor no decírselo. Hay gente, como Jun, que quieren involucrarse en el mundo de lo paranormal a toda costa, mientras que hay otras que no quieren saber nada del tema. Si ella decía que no tenía esa habilidad, pues no la tenía.

Es común que los descendientes de familias muy antiguas desarrollen este tipo de capacidades. Yo misma conozco a dos personas que las tienen. No sé si tiene que ver con la genética o con algo que hicieron sus antepasados, pero me da en la nariz que la percepción de lo sobrenatural de Yumeko tiene que ver con su ascendencia.

–Entonces, ¿qué es? ¿Has sentido alguna vez algo parecido a lo que sentiste cerca del monte Iwai? –pregunté.

Yumeko se mordió el labio inferior y se quedó en silencio un momento.

–Pues, quizá…, en un cementerio –dijo sin mucha seguridad.

–¿Un cementerio? –repetí.

–Pero no un cementerio de estos nuevos. Más

bien un cementerio antiguo, descuidado, sin nadie ya que llore a los muertos. Aunque la sensación era todavía más oscura... Perdón, no sé lo que digo.

–No hace falta que pidas perdón. ¿Crees que podría estar relacionado con el altar budista que vieron Asako y los otros? –pregunté, como si estuviera hablando con toda una médium.

–Pues..., quizá... No lo sé...

Opté por no presionarla más y volví a centrarme en el mapa.

Era normal que Yumeko se sintiera reacia e incómoda hablando del tema. A fin de cuentas, su percepción de lo sobrenatural era una especie de instinto sensorial. Yo me había interesado por el monte Iwai después de hacerle caso a mi instinto. «No sé qué es lo que sucede, ni siquiera sé si hay una respuesta que encontrar». Es difícil saber qué pasó de verdad en lugares con tantos años de historia, aunque si dijera eso en voz alta podría ganarme enemigos entre los académicos. Pero es verdad que de vez en cuando se descubre algo que revoluciona nuestra percepción de la historia o la arqueología.

El monte Iwai no era una excepción.

Primero había sido una montaña sin nombre, luego un lugar sagrado y, ahora, un sitio corrupto.

Físicamente, la montaña seguía siendo la misma, pero la percepción había cambiado. Sin pruebas fehacientes ni nuevos descubrimientos, la imagen de la montaña dependerá de las interpretaciones personales de cada uno, de lo que el instinto le lleve a pensar.

Aún necesitaba saber más sobre el monte Iwai. «¿Debería ponerme a investigar?». Empecé a darle vueltas a esa idea, pero me di cuenta de que me estaba desviando del tema. Esto no era una investigación. Lo que necesitaba era descubrir cómo librarnos del miedo que nos atenazaba.

Mientras consiguiéramos librarnos del miedo, la verdadera naturaleza de la montaña me importaba un comino. «Casi parecen gajes del oficio». No pude evitar reírme para mí misma.

Sin embargo, mientras seguía con la vista fija en el mapa, la expresión de Yumeko cambió.

—¿Puedes quedarte un poco más?

—Soy mi propia jefa, así que sí —respondí.

Tenía un plazo de entrega que cumplir, pero podía permitirme dedicar el día por completo a la causa. Ante mi respuesta, Yumeko sonrió aliviada y adoptó una expresión seria.

—¿Podríamos ir al Bazar Gaia?

—¡¿Ahora?! —Me salió un gallo de la sorpresa.

—Sí. No quiero encontrarme con nadie y, si vienes conmigo a la tienda, creo que entenderás mejor lo que quiero decir con eso del aura extraña.

Estaba completamente seria. Un escalofrío me recorrió el cuerpo.

—¿Quieres decir que percibes esa sensación como de cementerio antiguo en la tienda?

Yumeko asintió con los labios fruncidos.

—No es que sea una médium ni nada de eso —dije para aclarar las cosas. Quería dejar claro que todo eran elucubraciones.

Pero Yumeko no cambió de expresión y siguió hablando:

—No espero que encuentres una solución. Pero tú también tienes miedo por lo mismo que yo, ¿verdad? Por eso necesito que me lo confirmes, porque desde ese día, cada vez que entro al Bazar Gaia…

Dejó de hablar, como si cada palabra le costase un mundo.

Su rostro reflejaba pavor. Era evidente que trataba de calmarse controlando la respiración. Sonreía tratando de aparentar una tranquilidad que no poseía. No había en ella rastro de falsedad, lo único que veía era miedo en estado puro.

Viendo su miedo, me forcé a sonreír, al igual que ella, y dije:

—La verdad es que tengo mucho miedo…

–¡Yo también tengo miedo! –exclamó Yumeko. Su voz estaba cargada del espanto que había estado conteniendo hasta ahora–. Lo… lo siento. –Se tapó la boca con la mano. Le temblaban los dedos casi imperceptiblemente.

Al ver su miedo, algo dentro de mí se conmovió. Asentí con determinación.

–Vamos. –No me tembló la voz, pero al decirlo se me erizó el vello de la nuca.

–No hace falta. –Yumeko tenía los ojos llorosos.

–Venga, vamos. Pero si la cosa se pone peligrosa seré la primera en salir por patas –dije mientras me reía, aunque no era una risa genuina del todo.

Era en parte una risa con la que me burlaba de mí misma. ¿Por qué estaba haciendo eso? ¿Por qué caía una y otra vez en el mismo error? ¿Por ser una metomentodo? ¿Por curiosidad? ¿Por puro instinto? No. Era más bien una mezcla de empatía hacia Yumeko y debilidad personal.

No era la primera vez que me metía en un berenjenal así y siempre ponía la misma excusa: «Gajes del oficio». Pero era todo fachada. La verdad no se podía resumir con una frase tan fría. El problema era que yo sabía que los fenómenos sobrenaturales eran reales y, al mismo tiempo, era una miedica.

Al escuchar mi risa, Yumeko suspiro con alivio,

un alivio que parecía salirle del fondo del corazón. Al ver su cara, no pude evitar pensar: «Menos mal que está mejor». Como una idiota.

–Será rápido. Nos iremos antes de que ocurra alguna desgracia –dijo mientras se levantaba con la cuenta en la mano.

Probablemente quería invitarme.

Yo también me incorporé e intenté alcanzarla, pero noté una extraña presión en el estómago.

«Ya es tarde para evitar una desgracia».

Ese pensamiento me golpeó con la certeza de una flecha. Cuando se trata de este tipo de cosas, mi intuición suele acertar.

Capítulo 9

Le pregunté a Yumeko por Masato y Jun mientras íbamos en el tren. Al principio no me reveló mucho, ya que hacía tiempo que no los veía, pero terminó contándome lo que sabía.

Masato no se había recuperado todavía de la picadura. Hasta hacía nada, llevaba vendas para cubrirse, pero la última vez que Yumeko lo había visto iba de manga larga para ocultar los brazos y se fijó en que tenía una erupción rojiza en los dedos.

—Sigue tan alegre como siempre —añadió con algo de incomodidad.

En cuanto a Jun, apenas lo había visto. Según le contó Asako, estaba tan obsesionado con la fotografía que casi ni iba a trabajar. Pasaba la mayor parte del tiempo viajando por diferentes sitios en su moto, aparentemente porque iba a sacar fotos de paisajes, aunque ella no había llegado a ver ninguna de las supuestas fotografías. Lo que más me llamó la atención fue que, según Yumeko, la última vez que lo vio estaba extremadamente delgado, como una ramita seca, al contrario que Asako.

—Pero ¿qué demonios les pasa? —murmuré.

Todo podía justificarse. No había un patrón común entre los tres y todo lo que me había contado bien podrían ser episodios aislados de la vida de cada uno. Quizá esa falta de coherencia era por lo que Yumeko se había mostrado reticente a compartir la información, por miedo a que yo le restara importancia o me riera de ella.

Y era cierto que yo me sentía un poco así. No quería ser una de esas personas que piensan que todo es culpa de sucesos sobrenaturales. Por eso solo le ofrecí respuestas vagas.

Daba igual cuánto tratáramos de disimularlo, Yumeko y yo pensábamos lo mismo: todos estaban raros desde que fueron al monte Iwai.

Al bajar en la estación más cercana, miré de reojo a Yumeko.

—¿Y tú? ¿Todo bien salvo por las pesadillas?

No había necesidad de evidenciar en voz alta la relación entre los extraños sucesos y la prueba de valentía. Al darse cuenta de que yo pensaba lo mismo que ella, Yumeko sonrío un poco.

–Por ahora sí –respondió en voz baja.

Asentí en silencio. No seguimos con la conversación. Doblamos otra esquina y apareció ante nosotras la fachada del Bazar Gaia. Sentimos tanta aprensión al acercarnos que nos quedamos mudas.

Todas las tiendecitas de la calle estaban cerradas salvo por un par de bares. Pero no se oía nada del ruido de dentro, estaban bien aislados. Hicimos el resto del camino en el más absoluto de los silencios. Ni siquiera pasaban muchos coches por la calle.

Aunque sabía que eran los nervios jugándome una mala pasada, la combinación del calor húmedo, la oscuridad y el silencio creaba una atmósfera asfixiante.

Doblamos una esquina más. En el bajo de un edificio de cinco pisos había dos locales, uno al lado del otro.

El restaurante Swami estaba en silencio, con la puerta de madera cerrada a cal y canto y envuelto por la tenue luz de las farolas. A su lado, el Bazar Gaia mostraba el mismo aspecto de local cerrado.

Yumeko sacó un manojo de llaves y, sin mediar palabra, abrió la persiana metálica. No era de las que se subían automáticamente con un botón.

Levantó la persiana hasta la altura del pomo de la puerta de cristal y, con una llave distinta, la abrió.

«Así que la puerta tampoco es de las automáticas».

Pensé en eso de pronto, mientras estaba pendiente del movimiento de las manos de Yumeko.

En cuanto abrió la puerta, una ráfaga helada me puso la piel de gallina. Tenía que ser el frío del aire acondicionado, que se había quedado encerrado dentro de la tienda cuando aún estaba encendido, antes de cerrar. Al menos eso quería creer.

Aun así, no me atrevía a mirar de frente la oscuridad que se extendía tras la puerta. No era una oscuridad total; tanto las luces de las farolas como las luces de emergencia de dentro de la tienda proporcionaban un tenue resplandor en el interior. Sin embargo, lo que más destacaba eran las sombras de los estantes repletos de productos. Los rayos de luz que lograban colarse se reflejaban en el cristal, pero las sombras parecían extrañamente negras y opacas.

Yumeko terminó de abrir y entró. Yo también di medio paso hacia el interior. Tenía la mirada clavada en el suelo y vi por el rabillo del ojo cómo encendía las luces con un par de chasquidos del interruptor. A mis pies había una alfombra roja que me distraía. Por fin alcé la cabeza.

El Bazar Gaia hacía honor a su nombre: estaba repleto de productos exóticos de diferentes países. Tarros, latas y paquetes de colores llamativos decoraban las estanterías. Aunque no había alimentos frescos, parecía el mercado de un pueblecito. A pesar de estar abarrotado, no daba sensación de claustrofobia. Quien lo hubiera decorado sabía lo que hacía.

En la pared de la izquierda y a lo largo y ancho de dos estanterías se encontraban los alimentos del día a día. En una de las esquinas había una gran cesta redonda de mimbre llena de paquetes de espaguetis y fideos, que sobresalían en ángulos irregulares.

En el centro se exhibían los productos en promoción. En ese momento había un expositor con tarros de miel de varios países, cada uno con una tarjetita que explicaba su origen y características. Si hubiera sido una clienta, lo más probable es que me hubiera acabado llevando algo. De hecho, me llamó la atención una miel de origen italiano.

A la derecha, la zona más espaciosa, se encontraba la caja registradora. En lugar de alimentos había estanterías de la misma madera que las mesas del Swami, en las que se exhibían artículos de decoración y adornos de estilo indio, todo dispuesto cuidadosamente sobre telas de varios colores.

Por supuesto, no faltaban los cristales y minerales, que otorgaban a la tienda una atmósfera mística y exótica.

A simple vista no había nada raro. Miré a Yumeko. Ella tampoco se había movido de donde estaba. Tenía el cuerpo tenso y me miraba fijamente, como si estuviera esperando a que le confirmase algo.

«No soy un canario en una mina...».

Con recelo, di un paso al frente. Primero me dirigí a la sección de alimentos: pasta corta italiana, sirope de arce, diferentes tipos de vinagre, aceite de oliva... Solo con ver los productos me entraban ganas de comprar.

Me acerqué a la caja registradora. Lo único que me llamó la atención fue que había varios recibos esparcidos sobre el mostrador, pero, aparte de eso, no sentí nada extraño o inquietante.

«¿Y si son solo imaginaciones suyas?».

O quizá ella percibe cosas que yo no. Yumeko y yo percibimos lo sobrenatural, pero lo que cada uno siente puede variar tanto como las respuestas de un test de personalidad.

«¿Cuál es tu lugar favorito?». «¿Prefieres la montaña o el mar?». Son preguntas muy típicas, pero, incluso si dos personas prefirieran el mar, cada una podría estar pensando en un sitio distinto. Para una, el mar podría ser una playa de arena suave, mientras que para la otra podría ser una costa rocosa. Cada persona es un mundo.

«Será cretina… Mira que hacerme venir a este sitio tan tarde por una simple corazonada… ¿Y si es todo una jugarreta?».

De ser así, ojalá me hubiera ido a casa directamente. Molesta, aceleré el paso. La tensión que había acumulado hasta ese momento se había desinflado de golpe y me cabreé más todavía.

Al avanzar, pasé junto a la caja registradora. Me fijé en que había una puerta detrás de un tablón de corcho lleno de notas y recordatorios. Debía llevar a un almacén o algo por el estilo. Y, como era de esperar, no había nada extraño. Pasé de largo.

De repente, sin previo aviso, perdí la fuerza en las piernas. Fue como si el suelo bajo mis pies se hubiera transformado en una esponja. Me tambaleé hacia adelante.

—¡Minami! —El agudo grito de Yumeko atravesó el aire.

—Ah…

Abrí los ojos. Estaba boca abajo tendida en el suelo, pero no recordaba cómo había llegado ahí. Me había desmayado. Me incorporé de un salto.

—¿Qué te ha pasado? ¡¿Te encuentras bien?!

—Parecía como si Yumeko estuviera a punto de echarse a llorar.

Abrí la boca para responder, pero un súbito hedor hizo que me atragantara con mis palabras. Un olor nauseabundo me inundó las fosas nasales y tuve que contener las arcadas. Era como si alguien me hubiera metido una bolsa de basura podrida en la garganta.

Me tapé la cara con la mano y le hice un gesto a Yumeko para que no se moviera. Me di la vuelta y deshice el camino.

Pasé frente a la puerta detrás del tabón, la caja registradora, el exhibidor de la miel… Lo hice sin apenas respirar, tomando pequeñas bocanadas de aire. Pero el hedor seguía presente, impregnando cada rincón de la tienda.

Me dirigí hacia la estantería de objetos decorativos y, nada más hacerlo, el mal olor desapareció de golpe, como si hubiera atravesado una pared invisible.

Noté un cambio en el ambiente. Una opresiva y desagradable sensación me recorrió el cuerpo, como si estuviera rodeada por una burbuja de electricidad estática.

Giré la cabeza de un lado a otro, observando cada rincón de la tienda.

Si alguien me hubiera visto, pensaría que estaba

actuando como una desquiciada. Desde cerca de la caja registradora, Yumeko me observaba. No fui hacia ella, sino que me di la vuelta en silencio y corrí con todas mis fuerzas hacia la entrada.

—¡No me dejes sola! —Yumeko salió corriendo tras de mí.

—¡E-Espera!

Hice un gesto para que se detuviera mientras recuperaba el aliento. Me temblaban las rodillas de forma incontrolable.

No era que no hubiera notado la anomalía. Simplemente, había tardado mucho en reaccionar. No… «Casi me dejo atrapar».

El hedor a putrefacción, la presión sofocante en el ambiente… Había experimentado cosas similares en otros lugares «malditos» en el pasado. Como estaba acostumbrada a las anomalías, me había inmunizado, por así decirlo.

Pero esta vez era diferente.

Lo que me aterrorizaba hasta lo más profundo de mi ser era que había algo en el Bazar Gaia que me había impedido percatarme de la anomalía, algo que había intentado atraparme antes de que yo pudiera darme de cuenta de lo que sucedía.

«Estoy segura de que a Asako y los otros les pasó lo mismo». Se me puso la piel de gallina solo de pensarlo.

Aquella ira…, ese odio injustificado hacia Yumeko. Lo arrogante que me había sentido…

«He estado a punto de convertirme en uno de ellos».

–Qué miedo, ¿verdad? –Tras recuperar el aliento, pude sonreírle a Yumeko.

Se me había pegado el pelo a la cara por culpa del sudor, así que lo aparté con la mano. Hice un esfuerzo por enderezar la espalda.

–¿Qué ha sido eso? –preguntó temblando.

–Ah… Es que… me asusté.

–¿Por qué?

–No lo sé. No lo alcanzo a comprender –dije como si no pasara nada, y me giré hacia la puerta en un amago de volver a entrar.

Yumeko me agarró de la mano.

–Quizá esta vez salga bien.

Asentí. No quería hacerme la heroína, solo estaba enfadada conmigo misma. Hasta ahora, pensaba que Asako se estaba comportando de manera extraña y que Jun era un incordio, pero yo también había estado a punto de caer en la misma trampa que ellos. Me sentía patética. Es como si hubiera estado criticando a los que son víctimas de estafas, pensando que eso son solo cosas que les suceden a otros, para darme cuenta de que yo estaba a punto de caer en una.

Con energías renovadas, volví a entrar en la tienda. Aún tenía miedo, pero no pensaba dejarme engañar de nuevo. Mi determinación inicial no había bastado. Esta vez, con la debida cautela y concentración, tal vez podría notar algo. Tenía que centrarme, aguzar los sentidos y observar con atención.

Sin embargo, cuando entré con Yumeko, me invadió una sensación de inquietud que no se me iba. ¿Era el recuerdo del miedo de hacía poco o era mi instinto tratando de decirme algo? Mientras intentaba analizar mis emociones, me encaminé hacia el lado derecho de la tienda, donde había toda clase de artículos mezclados.

Esta vez noté un olor a pantano.

—¿Este es el lugar en que notas peor aura? —le pregunté a Yumeko cargada de duda.

Ella asintió con la mandíbula apretada, como si también percibiera el hedor.

Miré a mi alrededor, pero no vi nada que pudiera ser la causa de la peste. Era una sensación distinta, por lo que no tenía sentido buscar un culpable físico. Pero, claro, si no había un motivo físico para el mal olor, tampoco servía de nada ponerse a buscar.

Lo único que había sacado en claro era que tanto Yumeko como yo estábamos de acuerdo en que ese era el lugar más perturbador. Jamás he anhelado tener las habilidades de una médium, pero es verdad que en momentos como ese no me importaría tener algo más de percepción extrasensorial. Seguramente Yumeko y yo tuviéramos el mismo nivel de percepción. De hecho, como ella había estado involucrada en esto desde el principio, era probable que la suya fuera mayor.

«Si más tarde me pide detalles… tendré que disculparme por no cumplir con sus expectativas».

«Ojalá me hubiera negado a involucrarme en esto desde el principio. Pero, en fin, de perdidos al río». Con esta amarga reflexión en mente, decidí, al menos, revisar la tienda a fondo.

–¿Qué hay detrás de esa puerta?

–Una sala que usamos de almacén y de oficina. –Yumeko respondió tal como esperaba que hiciera y abrió la puerta.

Aunque las luces estaban apagadas, la luz que se filtraba desde la tienda permitía ver con cierta claridad.

Yumeko entró y profirió una exclamación ahogada.

–¿Qué pasa?

–El ordenador…

Miré en la dirección que indicaba. Una tenue luz azulada parpadeaba contra la columna de la estantería de hierro. Tal como Yumeko había dicho, la luz venía de la pantalla de un ordenador. ¿No estaba configurado para apagarse automáticamente? El débil brillo titilaba, seguramente debido al salvapantallas.

—Cielos… —murmuró molesta.

Yumeko se acercó al escritorio sin encender la luz. Parecía haber pasado de la inquietud a la mentalidad práctica de alguien que se dispone a corregir un descuido cotidiano. En este caso, un ordenador encendido.

Pulsó una tecla. El salvapantallas desapareció.

Justo en ese preciso instante, Yumeko pegó un grito desgarrador y dio un paso hacia atrás.

Chocó con la silla y la volcó. Trastabilló y se golpeó con fuerza contra la estantería. Me acerqué a toda prisa. Me di cuenta de que estaba temblando y miré, por instinto, hacia el ordenador.

En la pantalla había una imagen de una vieja casa tradicional japonesa cubierta por la maleza y tan destartalada que no sabía cómo se mantenía en pie. Un enorme bambú amarillo y seco atravesaba el techo de tejas rotas.

—¿Es… la casa de ese día? —murmuré al fijarme en la imagen.

Yumeko asintió varias veces, sin dejar de temblar. Tenía un motivo para hacer semejante pregunta: era la primera vez que veía esa imagen, no era una de las fotografías que me había enseñado Jun.

Era una imagen de la casa a la luz del día. Me acerqué con cuidado al ordenador y cogí el ratón. Se puede editar una fotografía tomada de noche para que parezca que se hizo de día. Quería comprobar si ese era el caso.

Mientras trasteaba con los archivos, vi un montón de fotos de las ruinas, todas tomadas de día, todas nuevas para mí. Había casi treinta carpetas, todas con el nombre de «Prueba de valentía», y en cada una de ellas había más de cien fotos. Todas eran de la planta de procesamiento de madera abandonada y del camino de la montaña.

Un escalofrío me recorrió todo el cuerpo.

«Así que esto…, estos son los paisajes que Jun ha estado fotografiando obsesivamente…». Iba en su moto hasta la planta de procesamiento de madera una y otra vez para sacar las fotografías.

Le había puesto «Prueba de valentía» a las carpetas. ¿Seguiría siendo algo divertido para él, un juego? ¿O había pasado a ser algo más? Reprimí el pensamiento.

Yumeko se incorporó al fin. Le temblaba tanto la mano que, cuando agarró el ratón, el cursor no dejaba de moverse. De repente, sin querer, en lugar de cerrar la carpeta, hizo doble clic en uno de los archivos.

Era una imagen de las ruinas vista desde un punto elevado. La perspectiva era tan alta que era imposible no pensar en cómo habría tomado la foto.

Yumeko tragó saliva y siguió moviendo el ratón. Seguí el movimiento del cursor sin perderlo de vista. De pronto, sentí más miedo del que había sentido en toda la noche.

—¡Vámonos! —Me incorporé de un salto y la agarré por los hombros.

—Pero, el ordenador…

—No importa. ¡Rápido!

Le tiré del brazo con fuerza. Entonces, desde el fondo de la estantería detrás de nosotras, se escuchó un extraño sonido. No lo oímos con claridad, ya que se entremezcló con el ruido de nuestras voces.

Pero lo que sí quedó claro de inmediato fue que no era un sonido propio de una oficina.

Nos quedamos paralizadas, incapaces de mediar palabra. Nos miramos.

Volvimos a escuchar el sonido. Esta vez fue más agudo y nítido.

Era el ruido de algo que se doblaba o se retorcía, como una vieja viga de madera húmeda que cruje bajo una gran presión. Era el tipo de sonido que se oye en las casas de madera antiguas, justo antes de que algo colapse.

Al mismo tiempo, tuve la sensación de que la imagen en la pantalla del ordenador se había distorsionado. Me acerqué al ordenador y, con toda la fuerza de mi cuerpo, golpeé el botón de apagar.

Me di la vuelta y eché a correr hacia la salida. Yumeko me siguió profiriendo un gritito. En cuanto vi cómo cruzó la puerta, me giré y la cerré con un golpe seco.

Tras esto, nos quedamos en completo silencio. Apagamos las luces de la tienda, cerramos la puerta y le echamos el candado a la persiana.

Luego, sin decir una palabra, echamos a correr hasta llegar a la avenida principal.

Al llegar, los coches que pasaban de un lado a otro nos parecieron absurdamente llamativos. Los faros que cortaban la oscuridad, el rugido de los motores, el bullicio constante de la calle y el brillo de las luces de la ciudad parecían, de repente, nostálgicos y reconfortantes.

Me apoyé en las rodillas. Necesitaba recuperar el aliento. Estaba empapada de sudor.

Una vez que me hube calmado, miré a Yumeko. Estaba en la misma posición que yo: encorvada y jadeando. Me miró de reojo.

Me sobrevino una risilla débil. Yumeko me miró con una expresión entre el llanto y la risa. No pude contenerme más. Al ver la cara tan patética que había puesto, estallé en una carcajada.

Yumeko, que parecía estar conteniéndose también, cedió y empezó a reírse a carcajada limpia.

Las dos nos reímos sin importarnos qué pudieran pensar los transeúntes a nuestro alrededor.

Era una risa de alivio por haber escapado.

Pero, más que nada, nos reíamos de nosotras mismas: de lo patéticas, cobardes y ridículas que habíamos sido.

«Vaya par de idiotas».

¿Estaba enfadada? ¿Quizá con ganas de pelea? Qué ridículo. No hay nada más absurdo que no conocer los propios límites.

¿A qué pensaba enfrentarme exactamente?

No éramos más que criaturas miserables y diminutas que salen despavoridas en cuanto oyen un ruido.

Capítulo 10

Estuve prácticamente diez días sin salir de casa. Durante ese tiempo, excepto por las breves salidas para comprar comida en las tiendas cercanas, me dediqué por completo a escribir mi manuscrito, sin siquiera mirar por la ventana.

No recibí ningún mensaje de Yumeko. Tampoco iba a ponerme yo en contacto con ella.

Aquella noche, ambas nos quedamos haciendo tiempo en una cafetería hasta que empezó a amanecer. Entonces cogimos un taxi y esperamos a que pasara el primer tren.

En las horas previas a nuestra despedida, hablamos sin decir nada que tuviera importancia. Conversamos sobre si había alguna diferencia palpable entre las aceitunas y las olivas, si el famoso Minakata Kumagusu era de la misma prefectura que Yumeko o sobre si nos gustaban más los perros o los gatos.

Ninguna de las dos se atrevió a hablar sobre lo que había ocurrido en el Bazar Gaia. No teníamos que decirlo en voz alta para saber que ambas pensábamos lo mismo: no era algo que pudiéramos controlar. Aunque sí que hablamos un poco sobre los planes de futuro de Yumeko.

–Sé que es duro, pero lo mejor sería que dejases de trabajar en el restaurante –dije–. Pero si aun así siguen ocurriéndote cosas extrañas…

–¿Y tú?

–Yo tampoco quiero seguir involucrándome. Lo de Asako me preocupa, pero, siendo realistas, es el tipo de situación que se resume en un «últimamente está rara» o «no me imaginaba que fuera así» y ya. Es un motivo tan válido como cualquier otro para distanciarse de alguien –dije con firmeza.

Yumeko guardó silencio. Tal vez pensó que era una postura fría, pero yo ya me había distanciado de Asako una vez por motivos similares. No había nada en mi corazón que se resistiera a hacerlo de nuevo.

Apenas conocía a Masato y Jun, así que me importaba bien poco lo que les pudiera pasar.

–Por cierto, ¿Asako te odiaba de antes? –pregunté.

Había notado ya hostilidad hacia Yumeko en

el correo, y la actitud de Asako en el restaurante me confirmó las sospechas.

Yumeko inclinó la cabeza hacia un lado, como si fuera un pájaro.

—No recuerdo haberle dado motivos para que me odiara, aunque parece ser que a Asako le gusta Jun y, no sé por qué, pero creía que él y yo éramos cercanos.

—Vaya… —Pensándolo bien, Asako siempre había tenido debilidad por los hombres con un aire de artista y algo bohemios—. Pero, entonces, ¿por qué te invitó a la prueba de valentía? Si le gusta Jun, lo más lógico hubiera sido no decírtelo.

A fin de cuentas, las pruebas de valentía y las casas embrujadas son un lugar clásico para las citas. No hay mejor excusa para gritar y mostrarse vulnerable, aprovechar la situación para despertar el instinto protector de la otra persona.

—No lo sé. Dijo que no quería ser la única mujer.
—Yumeko no sonaba muy convencida.

Es lo que había dicho Asako en la cena. ¿Lo había dicho con sinceridad porque realmente tenía miedo o solo era una excusa?

Ya era imposible saberlo.

Pero me sentí aliviada al saber que Asako simplemente estaba celosa. «Un problema típico del día a día». Precisamente el tipo de problema en el que no hay que intervenir. Me acomodé en la silla y le dije:

—A no ser que te guste Jun, creo que lo mejor es dejar que se las apañen ellos solitos. Sé que suena frío, pero me parece que está bien pensar antes en tu propia seguridad. Lo primero es que encuentres un sitio en el que te sientas a salvo, y luego ya, si te queda algo de energía, la puedes gastar en preocuparte por otros.

Yumeko abrió muchísimos los ojos, sorprendida, y se me quedó mirando. Tras unos segundos, asintió despacio.

Cortar lazos con alguien siempre es doloroso, pero solo los buenos nadadores pueden salvar a alguien que se está ahogando. No podemos salvar a nadie si nosotras mismas somos las que se están ahogando.

Tanto Yumeko como yo somos como piedras en el agua. Creí que sería capaz de nadar un poco, pero, en cuanto lo intenté, una ola me hizo tragar agua. Mientras sigamos a flote, lo único que podemos hacer es volver a salvo a la orilla. No soy una heroína ni nada por el estilo.

Yumeko parecía estar de acuerdo con mi propuesta, aunque, claro está, no podía saber qué pensaba de verdad. Sin embargo, al ver que asentía, decidí que el asunto estaba zanjado. O, mejor dicho, decidí darlo por zanjado.

Después de este episodio, dejé de pensar en ello y me dediqué en cuerpo y alma a la escritura. En cuanto decidí dejar de involucrarme, dejé también de tener pesadillas. También dejé de notar esa presencia extraña que me seguía como el olor a humo en la ropa. Me alegré de haber dejado atrás todo lo relacionado con el monte Iwai de una vez por todas. Ya no tenía tiempo para esas tonterías. Cada día la fecha de entrega del libro se acercaba más y más.

La verdad es que no me estaba comportando de manera muy profesional, que digamos. Me dedicaba a escribir página tras página sin ningún objetivo en mente, con una actitud de «que pase lo que tenga que pasar».

Me tentaba la idea de usar la historia de Asako y sus amigos, ya que me habían dado su consentimiento. Pero, tras pensarlo bien, realmente este caso no tenía tantos elementos apropiados para una historia de terror clásica. Lo más llamativo era el altar budista, y eso no daba para mucho. Además, mi novela estaba ambientada en una prueba de valentía en un cementerio, y combinar un cementerio con un altar budista estaba demasiado visto.

En fin, la verdad es que la mayoría de las historias de terror que circulan por ahí son muy clichés. Por ejemplo:

«Me desperté y no podía moverme, como si tuviera un muerto subido encima», o «iba caminando por un lugar oscuro cuando de pronto apareció un fantasma», o incluso «desde que me mudé a esta nueva casa me han estado pasando cosas raras y, tras investigar, he descubierto que está construida sobre un lugar maldito».

Como historias orales no están mal, dan algo de miedo, pero no puedo escribir algo tan trillado en una novela. Así que no caí en la tentación y continué luchando con la novela, que aún distaba mucho de estar terminada.

Perdí la concentración el día que recibí un correo de Asako. Llegó al mismo tiempo que un correo de mi editor. Por un instante, me planteé eliminarlos sin leerlos siquiera.

Recapacité enseguida y abrí los mensajes con cuidado. Quizá el editor me quería decir que se había ampliado el plazo de entrega del libro y quizá el correo de Asako era, por una vez, normal. Una esperanza absurda.

Mi gozo se vio rápidamente en un pozo. El asunto del correo del editor decía: «¿Cómo vas?», o sea, que quería saber cómo iba con el libro.

En cuanto al correo de Asako, el asunto rezaba: «¿Qué tal?» y en el cuerpo había poca cosa:

¿Cómo va nuestra novela? No te
olvides de usarnos para la historia.

Nada más leerlo, me quedé en blanco. «Cierto, tengo que meter su historia en la novela...». Por un instante, ese pensamiento me invadió, y tardé otro par de segundos en recordar que esa no era mi intención. Luego empecé a dudar si le había prometido que lo haría, pero llegué a la conclusión de que no.

¿Y si al leer la novela Asako se enfadaba de nuevo? Volví a recordar su rostro enojado en el restaurante. Esa mirada. Ese grito.

Aunque ya había pasado tiempo desde el incidente, recordarlo me hacía sentir incómoda y algo asustada. También me sentía furiosa hacia ella por haberme gritado sin motivo.

No quería volver a pasar por eso. Chasqueé la lengua y me froté la cara. Tenía la mandíbula apretada y tensa. De pronto me invadió una profunda sensación de tristeza.

Había perdido a una amiga.

Sentí cómo se me rompía el corazón en pedazos. No éramos muy cercanas, pero Asako no era mala persona. A veces me parecía algo molesta, pero no…

–¿Por qué…? –dejé escapar un susurro en el que se entremezclaban todas mis dudas y arrepentimientos.

Cerré el correo y mi novela ocupó la pantalla del ordenador. La historia trataba sobre una mujer que, por diversión, había profanado una tumba, ahora estaba maldita y lloraba y gritaba desesperada.

«No quiero escribir novelas así». Por más que se trate de una consecuencia de sus propios actos, no hay necesidad de castigarla con tanta dureza. Me aparté del ordenador.

Tras esto, ya no conseguí volver a centrarme en la novela.

–¿Has perdido peso? –me preguntó Satomi mientras caminábamos por la sombra.

–Es que no estoy avanzado nada con la novela –contesté con apenas un hilo de voz.

Había llamado a Satomi para distraerme. Resultó que estaba de vacaciones, así que quería ir a una tienda de deportes para comprar artículos de montaña y senderismo. Yo le pregunté si podía acompañarla y quedamos para vernos a los dos días por Kanda.

Ya habíamos terminado con las compras. Satomi se compró una parka hecha de un material especial para protegerse de los rayos ultravioletas y yo un sombrero impermeable.

Para cuando salimos de la tienda ya eran más de las seis de la tarde, pero, como estábamos en pleno verano, aún quedaban muchas horas de luz. Apenas había llovido en los últimos días, por lo que parecía que la temporada de lluvias había terminado de una vez por todas.

Caminábamos por las aceras con sombra evitando a toda costa el sol abrasador.

–Ya que hemos comprado cosas de montaña, deberíamos ir de excursión a un monte o algo así –dijo Satomi cargada de entusiasmo y alegría.

–Me parece bien.

–¿Y el libro? ¿Lo vas a poder entregar a tiempo? –preguntó mientras charlábamos sin prisa y buscábamos un lugar para cenar.

–Sí, si consigo escribir diez páginas cada día a partir de hoy sin distraerme.

–¿Y puedes hacerlo?

–A saber. Hoy desde luego que no.

–¡Pero serás vaga!

–¡Déjame en paz! Mejor pensemos dónde vamos a comer.

Mi ritmo de escritura no era rápido. Incluso

si lograra escribir diez páginas en un día, al día siguiente estaría demasiado agotada para escribir nada. Es un patrón que he repetido desde que empecé en este mundillo. Y más en ese momento, que no estaba de humor.

No es un trabajo que se pueda hacer con solo mover las manos y listo. En días como ese, la realidad de mi trabajo me frustraba más de lo normal. La razón por la que había quedado con Satomi no era tanto para despejarme, sino para escapar. Si todo salía bien… quizá una quedada despreocupada después de tanto tiempo me ayudaría a cambiar el chip. Quejarme del trabajo no cambiaría nada, así que preferí evitar el tema.

Como siempre, Satomi mantenía su sonrisa alegre y despreocupada.

—¿Y si comemos en un karaoke?

Me pareció un lugar buenísimo para desestresarme. Asentí de inmediato.

—¿Te sabes alguna canción nueva?

—Sí, *Shōnen yo*, de Akira Fuse.

—¿Te la has aprendido de memoria?

—Me la sé al dedillo.

Era muy agradable mantener una conversación trivial. Seguimos charlando hasta encontrar un karaoke en el que cenar. Hoy en día, los karaokes tienen un menú muy amplio.

Pedimos la comida y nos trajeron el grueso catálogo de canciones.

—Ah, antes de que se me olvide. —Satomi se inclinó hacia su bolso—. Te he traído un regalo.

—¿Un regalo?

Ladeé la cabeza con curiosidad mientras Satomi colocaba unas cuantas hojas de papel sobre la mesa.

—El otro día encontré algo interesante en la biblioteca y lo fotocopié para ti —dijo con un aire de misterio mientras les daba la vuelta a las hojas.

Ante mis ojos apareció un mapa en blanco y negro. Nada más verlo, se me puso la piel de gallina.

—Tengo que dibujar una granja de antes de la guerra para un encargo, así que cuando fui a buscar material para inspirarme en la biblioteca encontré esto de casualidad. —Satomi se inclinó hacia delante y señaló un punto en el mapa.

Contuve la respiración y miré hacia el lugar que me indicaba. No era un mapa tan preciso como los más modernos, pero reconocí la carretera serpenteante y el contorno de la montaña.

Justo donde estaba el dedo de Satomi, se leía claramente el nombre del monte:

«Monte Iwai».

Debajo del nombre, entre paréntesis, había una guía de pronunciación y un nombre alternativo, con la explicación de este:

Monte Iwai (*Iguai*) o monte Ihai (*Ijai*).
Ihai es la palabra japonesa para referirse a las tablillas mortuorias que se usan en los altares budistas; por tanto, el nombre literal de este monte sería monte de las Tablillas Mortuorias.

Sentí como si me hubieran golpeado. Cogí las hojas con las manos y examiné el mapa y el resto de las fotocopias. Pertenecían a un libro llamado *Historia y folklore de la provincia de Kōzuke*.
Satomi, con toda su buena intención, había fotocopiado un fragmento sobre el monte Iwai, a pesar de que debió llevarle bastante tiempo. Decía así:

Monte Iwai
Altura: 649 metros
También conocido como monte Ihai (monte de las Tablillas Mortuorias). Debido a la connotación desfavorable de su antiguo nombre, se le cambió a monte Iwai (monte de la Celebración). Los lugareños siguen considerando este monte como un lugar de mal agüero en el que no hay que adentrarse.

Cuenta la leyenda que está prohibido llevarse ni una sola hoja o rama de este monte o uno se enfrentará a la ira del temible dios que habita en esa zona.

—Tenías razón, es el lugar perfecto para una historia de terror —exclamó Satomi emocionada.

Yo apenas le respondí, con la mirada fija en el párrafo que acababa de leer.

«Monte de las Tablillas Mortuorias».

«Lugar de mal agüero».

«No hay que adentrarse».

Imágenes que jamás había visto se formaron con nitidez en mi mente. La luz tenue de una linterna iluminando un altar budista negro. En medio de la espesura, como si fuera el interior de una montaña profunda, el altar se abría como una boca oscura, y desde allí emergían tres tablillas mortuorias.

«Tres tablillas mortuorias».

Tres rostros me vinieron de inmediato a la mente. Contuve la respiración.

—¿Qué pasa? —preguntó Satomi con voz aguda.

Su voz me hizo volver en mí. Me senté bien en la silla para tratar de controlarme. Satomi no sabía nada de lo que había pasado. Lo último que quería era arruinar el ambiente diciendo algo raro.

Hice acopio de todas mis fuerzas y disimulé lo mejor que pude. Fingí que mi reacción había sido pura sorpresa.

—Vaya… Sí que has encontrado algo interesante. —Me forcé a sonreír para aparentar estar calmada.

—¡Sí! Al principio solo di con el mapa, pero luego recordé que querías escribir una novela sobre el lugar, así que pensé que te sería útil. Me puse a buscar los orígenes del monte y… ¡aquí están!

—¡Increíble! ¡Debo tener la amiga más considerada del mundo entero! —dije con tono de broma.

Satomi, algo avergonzada, pero satisfecha, esbozó una sonrisa victoriosa.

—Por cierto, qué miedo que un lugar con un nombre tan bonito se llamase antes de una manera tan espeluznante como «tablilla mortuoria», ¿no?

—Sí, aunque creo que no tendrían que haberlo cambiado. —Satomi asintió y se encogió de hombros. A ella le encantaban tanto las montañas como las historias de miedo, por lo que se estaba tomando el cambio de nombre como una ofensa personal—. He oído que hay varios sitios en los que han hecho eso de cambiar un nombre que suena ominoso.

—Es verdad, antes había un montón de montes Ihai —comenté.

No recordaba dónde lo había leído exactamente, pero era verdad. Había montes con ese nombre desperdigados por todo Japón. Por lo general, se decía que se llamaban así porque la silueta de la montaña se asemejaba a la forma de un altar budista. Sin embargo, también había montañas que no tenían esa forma pero que se llamaban así también. Algunas de esas montañas escondían tumbas secretas de guerreros que habían huido de sus enemigos, y se decía que estaban malditas o que quienes entraban en ellas encontraban la muerte.

—En Chichibu también hay un monte Ihai, pero ya nadie recuerda cuál es. A veces, cuando voy de paseo por la zona, me acuerdo y me da mal rollo.

—Y con razón. Si hay lugares en los que no es recomendable entrar, deberían dejarles nombres que lo dejen bien claro.

—Exacto. Imagina que te metes ahí sin tener ni idea y vas y te mueres. Tu alma no podría descansar en paz.

—Ya... —respondí en voz baja, tomando el catálogo de canciones.

No quería seguir hablando del tema. Volví a sentir esa sensación de angustia y pesadez en el estómago. «Ahora mismo no quiero pensar en esto».

Elegí una canción animada y con ritmo, de las más alegres que conocía. Sin embargo, por más que cantara y cantara, la ansiedad no remitía. Al final, apenas toqué la comida que había pedido y se fue enfriando poco a poco sobre la mesa.

Capítulo 11

Más tarde, cuando volví a casa, me fue imposible conciliar el sueño.

Mi mente estaba inquieta, como si algo la agitara sin cesar. Miré una y otra vez las fotocopias que me había dado Satomi, pero no consiguió calmarme. Insatisfecha, encendí el ordenador y busqué en internet «monte Ihai». ¿Había algo más que la sencilla explicación sobre el origen de su nombre? ¿Existían historias relacionadas con la montaña? ¿Había alguna manera de romper la maldición de ese monte en el que no se debe entrar?

Seguía sin querer involucrarme, eso no había cambiado. Sin embargo, si existía algún tipo de solución, quería dar con ella. Quería encontrarla y contársela a Yumeko.

Estaba desesperada.

Lo primero que me llamó la atención fue un sitio

llamado «pico Ihai», en la prefectura de Shizuoka. Se encontraba en la cordillera de Ashitaka, justo antes del monte Fuji, y era la segunda cima más alta de la cadena. Como cada vez había más gente que hacía montañismo como pasatiempo, había muchas publicaciones de personas que habían coronado su cima. Se llamaba pico Ihai porque, tal como cabía esperar, su forma se asemejaba a una tablilla mortuoria. Encontré también un artículo que decía que era un lugar maldito debido a su nombre, pero no hallé ningún testimonio que corroborara esa información.

«De hecho, parece una montaña muy accesible para montañistas de nivel intermedio».

Había muchas fotografías de personas en ese pico porque era un buen lugar para sacar fotos del monte Fuji, que se elevaba majestuoso al fondo, más allá de la cima más alta de la cadena, el monte Echizen.

«Quizá no todos los sitios que se llaman Ihai están malditos».

O tal vez, cuando muchas personas visitan un sitio maldito, la maldición se reparte entre todas ellas y acaba por diluirse. «Bueno, esto no deja de ser pura superstición». Traté de mantener una actitud positiva.

Lo siguiente que me llamó la atención fue una

página de presentación de un libro. Según la página, en la obra de Takuzo Uryu, *Relatos de Hinohara*, había un fragmento en el que se mencionaba el monte Ihai.

«Creo que tengo el libro por alguna parte».

Me dirigí a toda prisa hacia la estantería. Lo había leído por encima porque estaba buscando información sobre no sé qué, pero no me sonaba haber leído nada del monte Ihai. Aun así, el libro me gustó tanto que todavía recordaba con claridad la portada.

Di con el libro en un visto y no visto y, al poco, encontré el fragmento que buscaba:

En Hinohara hay varias montañas con el nombre de monte Ihai. Debido a su nombre, son consideradas como lugares que atraen la mala suerte. Se dice que, si compras algo hecho con madera de estos sitios, talas árboles ahí o quemas carbón en las inmediaciones, te acontecerá una desgracia.

El prestigioso diccionario *Kōjien* define «monte Ihai» como «un monte que se debe evitar, pues se cree que en él acontecen desgracias».

La razón por la que se considera un lugar de mal augurio varía: quizá fue un sitio en el que se ejecutaron a personas, donde ocurrieron muertes misteriosas o donde se enterraron estatuas budistas. Curiosamente, hay también registros en los que se considera como una tierra sagrada vinculada a los dioses, donde los mortales no deben adentrarse.

Es el mismo caso que montes con nombres con connotaciones negativas, como por ejemplo el monte Kuse, el monte Bachi o el monte Irazu.

De entre todos los montes Ihai, uno de los más conocidos es el monte Ihai de la cordillera de Aitaka, que cuenta con 1458 metros de altura. En el lado sur de la cresta hay un cráter de color gris de aspecto inquietante […]. Si uno se cae por ese lado, terminará en el desfiladero Ihaizawa, cuyo nombre significa Garganta de las Tablillas Mortuorias.

Por toda la región de Hinohara se relatan historias de personas que, tras adquirir una parcela en un monte Ihai o utilizar su madera para leña o carbón, cayeron gravemente enfermas, sufrieron la muerte de un nieto o incluso vieron sus casas consumidas por el fuego.

En muchos casos, no queda claro cuál de los montes de una cordillera es en realidad el monte Ihai. Los propietarios suelen tratar de ocultarlo, ya que, si se supiera la verdad, no podrían venderla ni explotar sus recursos. Por tanto, solo los extranjeros acaban comprando estos terrenos, ajenos a las supersticiones asociadas a estos lugares.

Se me escapó un suspiro. No había nada al respecto de cómo romper maldiciones. Volví a mirar la fotocopia que tenía en la mano. Toda la información de *Relatos de Hinohara* podía usarse para explicar lo que sucedía en el monte Iwai: el monte Iwai era en realidad uno de los varios montes Ihai que hay por la región de Kanto.

«Solo los extranjeros acaban comprando estos terrenos».

El patrón se repetía. Recordé lo que había dicho Masato aquel día.

Dijo que el terreno en el que estaba la planta de procesamiento de madera abandonada ya tenía mala fama de antes y que el propietario no era de la zona, por lo que compró el terreno sin ser consciente. No. No es que no fuera consciente. Es que nunca se lo dijeron.

Desconocía si el monte Iwai era propiedad del Estado o pertenecía a algún particular, pero lo más probable era que los más ancianos de la zona lo supieran. Y, si habían sucedido cosas extrañas en ese terrero, seguro que había gente que lo sabía, incluso los no tan mayores.

Pero los lugareños no dirían absolutamente

nada. Y el propietario empezó a sufrir una desgracia tras otra, y ellos probablemente se dedicaron a observarlo desde lejos, con expresión de «si ya sabía yo…».

En *Relatos de Hinohara* quedaba claro que hay un aliciente económico por el que los lugareños ocultan el nombre y naturaleza de estos montes. Sin embargo, puede que el verdadero motivo no fuera algo tan simple. Para quienes han nacido y crecido en esa tierra, el monte Iwai es una parte inseparable de su hogar, como un pariente cercano con el que no puedes cortar lazos.

Por eso ocultan la maldición de la tierra, del mismo modo que una familia oculta un secreto vergonzoso. Y, cuando un extranjero sufre alguna desgracia, se convencen a sí mismos de que no es culpa del terreno, sino simple mala suerte o un accidente.

¿Es una actitud deplorable? No estoy segura del todo.

Si yo hubiera nacido en esa zona, seguramente tampoco les diría nada a los extraños. De hecho, por miedo a verme envuelta en algún asunto espinoso, me hubiera mantenido bien alejada de todo lo relacionado con el monte. Lo entiendo. Es un lugar pequeño, todos se conocen entre sí. Además, el instinto de conservación es más fuerte que el de intentar proteger a alguien que no conoces.

«Yumeko había dado en el clavo».

Encendí un cigarrillo. Ella lo había dicho claramente: la atmósfera del monte Iwai no se parecía a la maldición de algo sagrado que se ha corrompido, era algo mucho más siniestro, similar a lo que sentía en un cementerio antiguo.

«Y no solo eso».

Dijo que, cuando entró en la casa en ruinas, lo que le dio miedo fueron los pilares de madera. ¿Por qué? Seguramente estaban hechos de madera del monte Ihai.

«Aunque los dueños de la planta de procesamiento de madera no lo supieran... Qué historia tan cruel».

Me llevé el cigarrillo a la boca, mezclando un interminable suspiro con el humo. De repente, una ligera sensación de náuseas se apoderó de mí. Noté un pinchazo en el estómago.

De pronto me acordé de que apenas había comido. «¿Me queda algo en la nevera?».

Mientras me encaminaba hacia la cocina, mi cabeza seguía dándole vueltas al asunto del monte Iwai. Que mi primer instinto hubiera sido tratar de no involucrarme con nada relacionado con la montaña no había sido errado. El hecho de que no pudiera dejar de pensar en ella probablemente significaba que, de alguna manera, había percibido su aura siniestra.

Pero Asako y los otros no habían entrado técnicamente en el monte Iwai.

Quizá se le podía echar la culpa de todas las desgracias que sucedieron en el aserradero al monte Ihai, pero ¿por qué ellos seguían afectados? Solo fueron a unas ruinas y a un santuario. ¿Bastaba con entrar en un lugar maldito una vez para recibir una maldición de por vida?

Apagué el cigarrillo en el fregadero. El olor a tabaco era muy desagradable. Encontré un poco de tofu dentro de la nevera y estaba casi segura de que aún me quedaba algo de arroz en la arrocera. «¿De verdad voy a comer arroz con tofu frío en mitad de la noche?».

En fin, no me quedaba más remedio. Mientras preparaba el tofu, seguía dándole vueltas al mismo tema.

No es raro escuchar historias en las que una maldición se va propagando. Incluso he oído que algunas personas, después de ver un programa de televisión sobre algo sobrenatural, experimentan algo extraño en sus casas. También se dice que contar historias de terror en voz alta es una manera de invocar a entes paranormales. Todo esto apunta a que, de algún modo, lo sobrenatural es «contagioso».

De hecho, yo misma había tratado de evitar de forma inconsciente ese «contagio» al intentar no involucrarme. Mi deseo de mantenerme apartada era, en esencia, el deseo de evitar la maldición del monte Iwai.

Y, a pesar de mis esfuerzos, experimenté cosas extrañas en mi propia casa: el problema con el móvil y el cargador, un algo incorpóreo que me tocaba… Eran cosas insignificantes, pero en mi mente todas estaban relacionadas con el monte Iwai.

No tenía sentido pensar que habían sido espejismos creados por el cansancio o meras imaginaciones mías. Para los que los hemos experimentado en carne propia, los fenómenos sobrenaturales son reales, tan reales como cualquier otra experiencia.

El monte Iwai es contagioso.

Si eso es cierto, entonces no sería extraño que Asako y los demás se hubieran contagiado al entrar en las ruinas.

Y, si sus corazones albergaban aunque fuera un mínimo de culpabilidad, cuanto más miedo sintieran, más sencillo sería que se hubieran contagiado.

Me apoyé en el borde del fregadero. De repente, una náusea abrumadora me invadió y sentí un dolor agudo en el estómago, como si me lo hubieran perforado con un taladro.

Me incliné entre jadeos para vomitar, pero no lo conseguí. Empecé a ver lucecitas parpadeantes. Me dejé caer lentamente junto al fregadero, con el cuerpo todavía temblando.

«Tiene que ser gastritis nerviosa. Estar con el estómago vacío es malísimo. Necesito tomar algo, aunque sea un poquito de agua. Si logro vomitar, me sentiré mejor».

Otra oleada de dolor me golpeó.

Dejé escapar un gemido. No podía pensar. Me recosté en el suelo. Quizá, si me tumbaba, el dolor disminuiría. Fue un esfuerzo fútil.

En realidad, empeoró. Me empezó a doler la cabeza también. «Oh, no». A este paso iba a acabar desmayándome. Me arrastré hacia el teléfono. Tenía que llamar a una ambulancia antes de perder el conocimiento.

También tenía que abrir la puerta y coger la cartera. Todo sin ayuda.

En momentos así, vivir sola da mucho miedo.

Llamé a emergencias. La última vez que había marcado el número fue porque mi padre se puso enfermo. El operador tardó mucho en enviar ayuda porque primero tuvo que asegurarse que no se trataba de una broma telefónica. Pero esta vez, quizá por lo dolorida que sonaba, el operador envió una ambulancia *ipso facto*.

Abrí la puerta con el bolso en la mano y me acurruqué en el rellano. Estaba cubierta de sudor frío. Cerré los ojos con fuerza.

De pronto recordé el Bazar Gaia. Una de sus estanterías. Aquel olor nauseabundo...

Gemí y sacudí la cabeza. Entonces recordé las imágenes del ordenador, las que había sacado Jun.

«Ya basta...».

Por mucho que no quisiera pensar en ellas, las imágenes estaban grabadas a fuego en mi mente. Era como si las tuviera impresas bajo los párpados. Por mucho que cerrara los ojos, las seguía viendo.

Recordaba con total claridad la imagen que Yumeko había abierto por error, la que estaba sacada desde una vista de pájaro.

La ladera del monte cubierta por espesos y oscuros árboles. Y, al pie de la montaña, las ruinas de la planta de procesamiento de madera. Las copas, de un verde brillante propio del verano y rebosantes de vida, contrastaban con la desolación de los escombros.

La montaña extendía una lengua verdosa hacia

las ruinas. El taller brillaba con una luz verde y amarillenta y la casa estaba ahora completamente cubierta de verde. Hasta de entre las grietas de hormigón emergían manchas verdes. La montaña estaba a punto de reclamar el lugar.

«Lo que una vez perteneció a la montaña debe volver a la montaña».

Eso fue lo último que pensé antes de que la imagen de mi mente cambiara.

Era una de las fotos del taller que recibí por correo electrónico: un árbol negro y seco en primer plano y, enroscándose sobre él como una serpiente, había una espesa niebla blanca. Un montón de fuegos fatuos brillaban a su alrededor.

Los fuegos fatuos comenzaron a moverse lentamente hacia mí.

Crac.

Oí el sonido seco de la madera podrida al crujir.

Crac.

Algo se acercaba.

Crac.

—¡No!

Contraje el cuerpo inconscientemente y acabé dándome contra el suelo.

Un olor a sangre me inundó las fosas nasales.

Luego escuché una voz débil en la distancia.

Justo en ese momento, una luz me enfocó directamente a los ojos y logré distinguir los zapatos de los sanitarios, que se dirigían rápidamente hacia donde estaba.

Capítulo 12

Sentada en un banco en la azotea del hospital, saqué el teléfono y marqué un número.

–Sí... Eso es... Lo siento. No voy a poder terminar el libro a tiempo. No, no. No voy a estar internada mucho tiempo. No se preocupe por eso. Bueno, como no saben la causa estoy en observación, pero lo más probable es que me den el alta pronto si no encuentran nada. Además, ya me siento bien. Sí... Estoy bien. De todas formas, le enviaré un correo en cuanto vuelva a casa. Siento mucho este inconveniente.

Colgué el teléfono y a continuación miré la lista de contactos.

–A ver... ¿A quién más tengo que llamar?

Todavía quedaba mucho para la fecha límite de entrega, pero quizá era el momento ideal para pedir que me sacaran del proyecto. Llamé a mis clientes uno tras otro y, al terminar, alcé la vista al cielo y exhalé con alivio. Era un cielo de verano, claro y resplandeciente.

Después de mi paseo en ambulancia, me tiré el día y la noche siguientes retorciéndome de dolor en una camilla. Los analgésicos no surtieron efecto y tampoco podía comer nada. Durante ese tiempo, me sometieron a tantas pruebas y procedimientos médicos que perdí la cuenta. Sin embargo, la causa del dolor de cabeza, el dolor abdominal y las náuseas seguía siendo un completo misterio.

Cuando me dieron los resultados del primer examen (todo bien), me hice a la idea de que no conseguirían encontrar una causa clara. Al segundo día, el dolor desapareció tan rápido como había venido. Estaba tan cansada que el tercer día me dediqué solo a dormir. Tras despertar, no solo volví a comer sin ningún problema, sino que hasta pude ir a un supermercado y comprarme un café y un pastelito.

«¿Qué he hecho yo para merecer esto? ¿Es porque me he vuelto a involucrar? Si algún ente paranormal quiere contactar conmigo, al menos que me pague los gastos del hospital».

—Maldito monte Ihai —maldecí entre dientes, y le di un sorbo al café.

Aunque ya no me dolía, haber estado tantos

días a base de suero me había dejado visiblemente más delgada. Si al menos estuviera a dieta me habría venido bien, pero, como siempre he sido de las que difícilmente ganan peso, me deprimió ver lo escuálidos que se me habían quedado los brazos.

Hacía unos días, cuando quedé con Satomi, me propuso subir una montaña ese verano. Había aceptado con entusiasmo, pero en mi estado actual me era imposible tal hazaña. «Quizá podríamos ir a un balneario». Ya que tenía tiempo libre, al menos quería aprovecharlo.

Me dolía haber perdido el trabajo, pero también estaba aliviada por haberme desembarazado de esa historia que no iba a ninguna parte. La verdad es que desde el principio la idea no me entusiasmaba mucho. Quizá era una buena oportunidad para replantearme la trama y empezar la historia desde cero.

Desde luego, nada relacionado con pruebas de valentía.

Le di otro sorbo al café y eché un vistazo a mi lista de contactos.

Me pregunté si debería contarle a Yumeko lo que había averiguado sobre el monte Ihai o si era mejor no hacerlo. Aunque había intentado aparentar indiferencia, no podía negar que mi miedo hacia todo lo relacionado con el monte Iwai había aumentado con creces.

Huir no había servido de nada. Si no hay escapatoria posible, había que enfrentarse al problema y buscar una solución de una vez por todas.

«Además, llamar a Yumeko no me va a servir de nada». Por mucho que le dijera que el monte Iwai había sido antes el monte Ihai, no sacaría nada más en claro. Quizá compartir el miedo nos ayudaría a aliviar el estrés, pero, si la conversación se iba a resumir en un «anda, así que por eso es un monte maldito», no estaríamos más cerca de encontrar una solución.

Guardé el teléfono, pero no dejé de pensar en la montaña. Claro está que me preocupaba tener una recaída, pero, por suerte, estaba en un hospital. Si me iba a desmayar, estaba en el mejor lugar para hacerlo.

Decidí aprovechar el tiempo libre que me daba la hospitalización para pensar todo lo que pudiera en eso. No quería dejar ningún cabo suelto. De todas las cosas que me preocupaban, lo que más me inquietaba eran las imágenes que me habían invadido la mente mientras esperaba la ambulancia.

Pensándolo fríamente, podía achacarse a una crisis psicológica. De hecho, el dolor que me había hospitalizado también podía explicarse de forma racional. Pero ya estaba harta de buscar explicaciones lógicas. Eso solo me llevaba a lo mismo: huir. Y no pensaba seguir huyendo.

Mis análisis y exámenes médicos habían salido perfectos. Desde el punto de vista médico, el dolor abdominal, el dolor de cabeza y las náuseas no tenían ninguna causa física. Estaba completamente sana.

Empecé a pensar en todo lo que había pasado mientras miraba el perfecto cielo de verano. Lo primero era la fotografía tomada desde lo alto que encontré en el Bazar Gaia. No tenía ninguna duda: Jun era el fotógrafo. Pero lo importante era: ¿desde dónde había sacado la foto?

Yo no había estado en la zona, así que no podía afirmarlo con total seguridad, pero estaba casi convencida de que el monte Iwai no llegaba ni a los setecientos metros. Según el mapa que había visto, las montañas de la periferia eran igual de altas. Con una altitud así, lo más probable era que la cima también estuviera cubierta de árboles. Incluso si la cumbre estuviera despejada, sería imposible obtener una vista tan amplia como la que mostraba la fotografía.

Quizá había sacado la foto desde un precipicio. Sin embargo, por la perspectiva de la fotografía, parecía que se hubiera tomado desde un lugar más elevado que el monte Iwai. Me había dado la impresión de que la diferencia de altura era de, por lo menos, quinientos metros…, puede que incluso más.

Pero también es verdad que en la prefectura de Gunma está el monte Myōgi, famoso por sus picos escarpados y formaciones rocosas únicas. Desde un punto de vista geológico, no sería del todo imposible que existiera un accidente geográfico parecido cerca del monte Iwai.

«Pero, si existiera un sitio así, sería tan famoso como el monte Myōgi y habría oído hablar de él».

Además, el monte Myōgi tiene una altitud de poco más de mil metros. Era imposible que hubiera una montaña de esa altura tan cerca del monte Iwai.

Recordé la fotografía que Jun me había enviado de las ruinas. La silueta de un árbol seco, con una neblina blanca enroscada a su alrededor, tan anormalmente nítida… Todavía sospechaba que podía tratarse de una imagen editada.

¿Y si las fotografías del Bazar Gaia también estaban editadas? ¿Por qué se tomaría tantas molestias en hacer algo así? «Si las fotografías de cosas paranormales muestran cosas que no deberían ser posibles, ¿son entonces las imágenes editadas, por definición, fotografías de cosas paranormales?».

De pronto me vino ese pensamiento absurdo a la cabeza. Menuda idiotez. Decidí no pensar más en eso. Cuando vi las fotografías del Bazar Gaia, estaba muy alterada. Era posible que no las recordase del todo bien. Pero, incluso si quisiera cerciorarme, no me atrevería a volver a poner un pie en ese sitio.

Lo que más me preocupaba era que, cuando había estado muriendo de dolor, esas imágenes habían vuelto a mi memoria con una claridad pasmosa. «Puede que mi subconsciente quisiera confirmar la ubicación del monte Iwai respecto a la planta de procesamiento de madera abandonada».

Tenía que ser eso. Al menos es lo que quería pensar.

La verdad es que seguía huyendo. No quería admitir que las fotografías eran algo sobrenatural. Dejé las imágenes de lado y me centré en otro tema. Recordaba muy bien el crujir de la madera y también esa voz de… algo que no había llegado a escuchar del todo.

«¿Qué es lo que estaba diciendo? ¿Qué era? ¿Por qué?».

El crujido era similar al sonido de una tabla vieja

de madera forzada a doblarse. Sin embargo, era mucho más fuerte que el crujido normal de una casa de madera antigua. Además, era imposible que el edificio en el que estaba el Bazar Gaia fuera de madera.

–Madera… –murmuré.

Y entonces otro recuerdo me golpeó: una de las imágenes que vi mientras me retorcía de dolor. La imagen de la estantería del Bazar Gaia, impregnada de un hedor nauseabundo. De pronto, la recordé con nitidez.

Era una estantería de madera natural, con varios objetos dispuestos de diferentes maneras, cada uno cuidadosamente colocado con una intención deliberada.

Parpadeé varias veces. Noté como si me hubiera echado un jarro de agua fría por encima. Me empezó a latir el corazón con mucha fuerza. Recordé con claridad las palabras que había leído:

«Está prohibido llevarse ni una sola hoja o rama de este monte».

Capítulo 13

«En el Bazar Gaia hay madera del monte Ihai».
Esa fue la conclusión a la que llegué. Había dos
lugares especialmente sospechosos:

El primero era la estantería en la que se exponían los objetos decorativos. Era posible que la
propia estantería estuviera hecha con esa madera,
o que los trozos de madera que usaban de decoración provinieran de allí.

El segundo era el almacén donde estaba el ordenador. Puede que, en algún oscuro rincón de
la estantería, olvidado en las sombras, hubiera
un pedazo de madera del monte Ihai. Si eso era
cierto, el misterio empezaba a desentrañarse.

El hecho de que Asako y los demás empezaran a
actuar de forma extraña ya no sería simplemente
por haberse contagiado de la maldición, sino por
haberse llevado un trozo del monte Iwai. Además,
Yumeko comentó que la tienda y el monte tenían

un aura similar. Que hubiera un trozo de madera en el Bazar también explicaría eso.

¿Quién fue el que trajo el trozo de madera? ¿Masato? ¿Tal vez Jun se había dedicado a llevarse ramas y trocitos de bosque en sus visitas a las ruinas?

Eso no importaba. «Si mi corazonada es cierta, he dado con una manera de resolver el problema». Asentí para mí misma.

«Lo que una vez perteneció a la montaña debe volver a la montaña». Debería bastar con sacar el trozo de madera del Bazar Gaia y devolverlo al lugar de donde lo habían sacado.

Pero también era verdad que no había visto ningún caso en que haciendo algo así uno se pudiera librar de la maldición del monte Iwai. Pero tampoco es que la situación fuera a empeorar por sacar un trozo de madera de la tienda.

«Ojalá sea eso. Ojalá sea la madera».

Me agarré a esa idea como a un clavo ardiendo. Si estaba equivocada, ya no habría nada más que hacer, no me quedaría más remedio que seguir atemorizada por un miedo al que no ponía cara.

Al día siguiente, impulsada por la esperanza y la determinación, llamé a Yumeko.

Saltó el contestador automático y dejé un mensaje, pero no me respondió. Bastó algo tan pequeño como eso para dejarme intranquila.

No tenía sentido entrar en pánico. Para cualquier persona, esto sería un incidente cotidiano. Además, si Yumeko había decidido seguir mi consejo y cortar lazos con el grupito de la prueba de valentía, tenía sentido que tampoco quisiera saber nada de mí, ya que también había estado implicada.

Si eso era lo que Yumeko quería, solo podía respetar su decisión.

Traté de no dejar que me afectara demasiado y, esa misma tarde, me dieron el alta del hospital.

Sin embargo, no regresé a mi piso, sino a casa de mis padres. Mis padres insistieron en que me quedara con ellos una semana para que descansara. La verdad es que, después de haber pasado varios días sin comer bien, me sentía débil. Además, es más cómodo que te hagan la comida. Así que acepté con gratitud su oferta.

Como mi familia vive en Tokio también, ir hasta la casa no me supuso ninguna molestia. Al llegar, después de tanto tiempo inactiva, lo primero que hice fue revisar la bandeja de entrada del correo. Tomé prestado el ordenador de mis padres e introduje mi contraseña.

Tal como esperaba, tenía más de veinte mensajes

esperándome, sin contar con el correo basura. Eché un vistazo rápido a la bandeja de entrada.

Uno de los correos tenía un archivo adjunto. El asunto decía: «Te adjunto las fotos». Era de Jun.

Pegué un grito ridículo. Por acto reflejo, moví el cursor y eliminé el correo. Antes de darme cuenta de lo que estaba haciendo, borré todo lo que había en la papelera.

–Lo he borrado…

No pude evitar sonreír débilmente.

El miedo ya era parte de mí. En unos pocos segundos, el corazón se me había disparado. Me sentía patética, pero al mismo tiempo aliviada de no haber visto el archivo.

El motivo por el que seguía involucrada en el asunto era porque quería dar con una solución y mantener la esperanza. No necesitaba echarle más leña al fuego.

No podía negar que, incluso llegados a ese punto, había una parte de mí movida por la curiosidad. Pero, como bien dicen, la curiosidad mató al gato. Y yo no quería ser un gato.

«No quiero volver al hospital».

Revisé los correos restantes y no encontré nada que pareciera urgente. Había un mensaje de un conocido en el que me informaba sobre un evento que había celebrado hacía unos días.

Dejé escapar un largo suspiro. Me había olvidado por completo del evento por culpa del miedo que pasé cuando mi teléfono decidió actuar raro.

No podía confesarle la verdad a mi amigo, así que me limité a responder que había tenido una emergencia médica. La verdad es que sí que había estado en el hospital, así que era una excusa buenísima.

«Sí. Es verdad. Usaré la carta de "estoy convaleciente" para evitar cualquier situación a la que no me apetezca ir».

Por culpa del monte Iwai, mi salud y mi trabajo se habían ido a pique. Me merecía al menos esa pequeña mentirijilla.

Cerré el correo y me puse a guardar mis cosas del hospital. A pesar de que solo había pasado allí unos días, había comprado un montón, como unas zapatillas nuevas y un pijama con botones. Mientras lo ordenaba todo, vi que mi teléfono, que estaba en el suelo, mostraba un mensaje de «llamada perdida». Yumeko me había llamado hacía treinta minutos.

«Estaba tan centrada en ordenarlo todo que ni me he dado cuenta».

Sentí una ligera presión mientras pulsaba el botón para devolverle la llamada. Contestó de inmediato. Empezó a hablar a toda prisa y se disculpó por no haber visto mi mensaje en el buzón de voz.

—No pasa nada, son cosas que pasan. Pero ¿te pasó algo? No, ¿verdad? —pregunté sentándome en una silla.

—No, no. Qué va. He decidido que voy a dejar el trabajo.

—¡Qué bien! —Me sorprendió tanto el tono decisivo con el que lo dijo que no pude evitar que se me escapara una exclamación—. Creo que has tomado la mejor decisión. Por cierto, el otro día te llamé porque quería contarte algo, pero quizá ya no te interese…

Yumeko me cortó a mitad de frase.

—Yo también tengo que decirte algo. —Su voz sonaba temblorosa.

—¿El qué? —Fruncí el ceño sin darme cuenta.

—Jun… Jun ha muerto…

Nada más oír eso, noté cómo se me helaba todo el cuerpo. Miré a la pantalla del ordenador.

—¿Cuándo…?

—Ayer por la tarde. Fue un accidente de moto.

Me quedé en silencio, incapaz de decir nada. Yumeko continuó hablando:

—Fue en la carretera que lleva a las ruinas.

Apreté el teléfono con fuerza y con la otra mano tecleé frenéticamente en el ordenador.

«¿Cuándo me envió Jun el correo?».

No lo recordaba. Sabía que había sido después del mensaje del evento de mi amigo, pero desconocía la hora exacta.

«Entonces tuvo que ser… ayer por la tarde. No. No puede ser».

Estaba equivocada. Había eliminado el mensaje de forma precipitada, así que mi mente me estaba jugando una mala pasada.

Seguro que Jun me había enviado el correo antes. Miré la hora del correo de mi amigo. Era del día anterior a las tres de la tarde.

Jun me había enviado un correo justo antes de morir.

Además, había estado en el monte, me había enviado una foto desde el corazón de la montaña.

Me empezaron a caer gotas de sudor por la frente. Esto era demasiado. No podía ser cierto. Si al menos no hubiera borrado el correo…

¿Qué me había enviado?

«¿Qué me quisiste mostrar justo antes de morir?».

¿O acaso… me lo envió después de haber muerto?

«No. Es imposible. Completamente imposible».

–¿Minami? –La voz preocupada de Yumeko rompió el largo silencio.

Me levanté de la silla y solté un profundo suspiro que había estado conteniendo.

–Perdona. Es que me ha pillado por sorpresa.

Empecé a deambular por la habitación.

Yumeko, con voz pausada, comenzó a contarme los detalles. La causa de la muerte fue una contusión cerebral. Tuvo el accidente porque derrapó en una curva demasiado cerrada. Se calcula que el momento estimado de la muerte fue por la tarde, pero, como no había nadie por las inmediaciones, no encontraron el cuerpo hasta la noche.

Yumeko también se acababa de enterar.

Dos días después de nuestra pequeña reunión, Yumeko le dijo a Masato que quería renunciar. Sin embargo, el gerente del Swami aún no había regresado al trabajo, por lo que no le quedó más remedio que quedarse hasta que volviera. No se atrevía a dejarlos a todos en la estacada.

–Pero creo que podré irme para finales de mes…
–No parecía muy segura.

El motivo por el que no había contestado a mi llamada no era porque estuviera ocupada ni por problemas de conexión, como la última vez. Simplemente había apagado su teléfono y no se dio cuenta de que la había llamado hasta más tarde.

Lo apagó por culpa de Asako.

Desde la vez que fue al restaurante, Asako no

había vuelto a pasarse por el Swami, ya que, al volver al trabajo apestando a alcohol, le echaron la bronca. Pero desde entonces empezó a llamar a Yumeko desde el Bazar Gaia. Y, cuando no le cogía el teléfono, le enviaba mensajes.

Tanto las llamadas como los mensajes carecían de sentido, pero estaban cargados de malas intenciones.

—Hay días en los que me envía más de diez mensajes… Y no solo en horario laboral, también cuando estoy en casa me llama una y otra vez… Me estaba afectando mentalmente, y por eso apagué el teléfono. —La pobre sonaba como si estuviera a punto de echarse a llorar—. Ella es el principal motivo por el que quiero renunciar. También me afectó lo que pasó aquel día que fuimos juntas al Bazar Gaia, pero, sobre todo, es porque no puedo aguantar tanta maldad de alguien a quien consideraba mi amiga. Pero, cuando Asako se enteró de que iba a dejar el trabajo, todo empeoró. No deja de llamarme para decirme «no huyas, cobarde». También me lo pone una y otra vez por escrito.

—¿Que no huyas? —repetí la frase que había dicho.

—Eso mismo —afirmó.

¿Que no huyese de Asako o que no huyese del

trabajo? Le planteé mi duda a Yumeko, pero ella tampoco sabía la respuesta.

Ella continuó hablando un poco más, con un tono quejumbroso, hasta que finalmente dijo:

—Ahora voy a ir al velatorio.

Tras eso, colgó. No tuve oportunidad de contarle lo que había averiguado sobre el monte Iwai. No. La verdad era que no me había atrevido a sacar el tema.

Jun había muerto. Para mí era una persona irrelevante, pero tenía padres, amigos y personas cercanas. No me atrevía a afirmar que su muerte había tenido que ver con una maldición. Para empezar, aunque tuviera razón, ya daba igual. Jun no iba a volver.

Estaba sudando sin parar. Puse el aire acondicionado al máximo y volví a centrarme en el ordenador. Tanto el correo electrónico como la persona que lo había enviado ya no se encontraban en este mundo.

Un escalofrío me recorrió el cuerpo. Me di cuenta de que ese sudor frío no tenía nada que ver con la temperatura.

Capítulo 14

Como ya no tenía que trabajar en el libro, contaba con una cantidad inmensa de tiempo libre. Y todavía faltaba mucho para mi próxima fecha de entrega. En los últimos años, no había tenido nunca tantos días de vacaciones seguidos, ni siquiera en año nuevo.

Aproveché el descanso e hice una limpieza a fondo, como las de fin de año, y pasé el tiempo leyendo libros que había comprado pero aún no había tocado. Lo único malo era que hacía un calor insoportable. Desde que empezó agosto, la temperatura máxima en Tokio era de unos treinta y cinco grados todos los días. Aunque tenía ganas de salir, no me apetecía vagar sin rumbo bajo el sol abrasador.

Había pasado más de un mes desde la muerte de Jun y ya casi no pensaba en Asako y el resto. No había vuelto a saber nada de Yumeko, pero sí que había recibido dos correos más de Asako, que decían lo siguiente:

«¿Cómo va la novela? No te olvides de usarnos como protagonistas».

Los dos contenían exactamente el mismo mensaje. Cada vez que lo leía, notaba el corazón más pesado, pero al menos me servía de confirmación de que Asako Yaguchi seguía con vida.

Lo más probable era que siguiera trabajando en el mismo sitio. En ese caso, no podía interferir. Al final, por más que uno hable de maldiciones o desgracias, si los propios involucrados no son conscientes de ello, es como si no existieran. En mi opinión, forzar a otros a enfrentarse a una maldición cuando viven su día a día sin problema es tan malo como esas personas que fingen ser médiums para estafar.

Yo creía que la maldición del monte Ihai era real. Sin embargo, parecía que, tras cobrarse la vida de una persona, la maldición había empezado a calmarse. De hecho, desde ese día no me volvieron a suceder cosas raras. Como si, tras haber recibido un sacrificio, la siniestra presencia del monte Iwai hubiera desaparecido de mi alrededor.

«Parece que, al final, Jun era la raíz de todos los males».

Ese pensamiento me invadía cada vez que me

sentía intranquila. No es que quisiera mancillar el nombre de un muerto, pero no podía evitarlo. Solo con saber que había hecho una prueba de valentía bastaba para que me cayese mal. Y también me molestaba que hubiera tratado de hacerse pasar por alguien espiritual. Pero la gota que colmó el vaso fue cuando me enteré de que se había atrevido a escupir en un santuario. La verdad es que en ese momento pensé que no le vendría mal un castigo divino.

Por eso, a medida que el impacto de la noticia de su muerte se iba enfriando, también iba disminuyendo mi compasión por él. En mi mente ya no quedaba ni un rastro de simpatía hacia Jun. También decidí olvidar la maldición del monte Iwai.

Pero entonces…

Pasada la medianoche, sonó el teléfono de mi estudio. Al escuchar el nombre de la persona que llamaba, me quedé sin palabras.

—¿Masato?

—Hola. Hacía tiempo que no hablábamos —respondió una voz masculina al otro lado de la línea.

Los únicos que me llamaban a esas horas eran Satomi u otros amigos que trabajan en cosas parecidas a lo mío. Había cogido el teléfono sin pensar, convencida de que sería uno de ellos.

—¿Qué tal estás?

—Bi-bien... –titubeé, tratando de comprender el motivo de la llamada.

«Maldita Asako, ha vuelto a compartir mi información de contacto sin permiso».

No tardé nada en adivinar de dónde había sacado Masato mi número.

Sin embargo, no me esperaba el motivo por el que me había llamado. Después de intercambiar algunas preguntas de cortesía, él, sin alterar el tono animado de su voz, soltó una bomba:

—Ya te has enterado de lo de Jun, ¿verdad?

—Sí, mi más sentido pésame.

—Mañana es la ceremonia de los cuarenta y nueve días de su muerte. Hemos pensado en ir al lugar del accidente para rendirle homenaje y nos gustaría que tú también vinieras.

—¿Qué? –Sin darme cuenta, se me escapó un gallo ridículo de la sorpresa.

—Saldremos del Bazar Gaia a las nueve de la mañana, pero si prefieres puedo ir a recogerte.

—Espera, espera un momento. Yo no... ¡Pero si solo vi a Jun una vez!

—Es cierto, solo os visteis una vez. Pero ¿sabes qué? Él siempre decía que quería volver a verte. Por eso quiero concederle ese deseo.

Se me puso la piel de gallina. Es como si estuviera insinuando que el espíritu de Jun me estaba esperando en el lugar del accidente.

—Y, además, nos gustaría que hicieras una plegaria para concederle descanso.

Estaba a punto de decirle que no, pero entonces me entró curiosidad por algo:

—¿Va a ir Yumeko?

—Por supuesto. De hecho, fue ella quien insistió en que te invitáramos —respondió Masato.

«Pensaba que ya habría dejado el trabajo». Fruncí el ceño, confundida. ¿Que ella había insistido para que me invitaran?

¿Qué demonios estaba pasando? ¿Y si había empezado a comportarse de forma extraña, al igual que Asako? Volví a notar la ansiedad y pesadez en el estómago que ya había sentido muchas otras veces.

—Bueno, y yo también quiero que vengas, claro está. Y Asako tiene también muchísimas ganas de verte —añadió Masato con el mismo tono jovial, pero con agresividad velada.

Hasta donde yo sabía, Masato estaba cuerdo. Pero no estaba segura de qué pasaría si rechazaba su invitación. Quizá se enfureciera o tratara de hacerme daño.

Pensé un poco y le di una respuesta ambigua.

—Pues… me gustaría ir. Pero tengo un plazo de

entrega que se me viene encima. Así que depende de cuántas páginas pueda escribir de aquí a mañana por la mañana. Haré todo lo posible, pero me disculpo de antemano si no estoy a las nueve en el Bazar Gaia.

Evidentemente era una mentira como la copa de un pino.

Pero, a la hora que era, «mañana por la mañana» en realidad significaba que quedaban menos de nueve horas para tener que ir a la tienda. Aproveché esa situación a mi favor y fingí que iba a intentar hacer todo lo posible por estar ahí a tiempo. Como era de esperar, la voz de Masato perdió un poco de fuerza. Yo seguí insistiendo con frases del tipo: «De verdad que lo voy a intentar», hasta que, finalmente, dijo:

–Por favor, ven. Te estaremos esperando. –Y colgó.

–Va a ir tu hermana en bragas, ¡idiota!

No pude evitar soltar algunos improperios más.

Luego, la pesadez que sentía aumentó, pues me di cuenta de que no había logrado cortar lazos con ellos de una vez por todas.

Con el teléfono todavía en la mano, me dejé caer de espaldas en la cama.

Antes de que pudiera acomodarme, me volvió a sonar el teléfono móvil. Esta vez me aseguré de comprobar quién me estaba llamando. Era Yumeko. Pulsé el botón para coger la llamada y, sin saludar si quiera, arremetí contra ella:

—¿Qué demonios está pasando?

—Po-por favor, ¡ven! —Por el tono de voz, parecía estar desesperada—. Yo... yo... ya he dejado el trabajo. Pero me dijeron que hoy me iban a dar el finiquito y que pasara a recoger mis cosas... Me han dicho que no me van a dejar volver a casa esta noche. ¡Quieren que mañana vayamos todos juntos al monte!

Me incorporé de un salto y me senté en la cama.

—Lo siento..., lo siento mucho. Hice lo que Masato me ordenó y estuve de acuerdo en invitarte porque no puedo hacer esto sola. Tengo mucho miedo. —Se le quebró la voz y empezó a sollozar.

—¿Desde dónde estás llamando?

—Desde el baño.

Esto era prácticamente un secuestro.

Me mordí el labio. El monte Iwai todavía no me había soltado de sus garras. Mientras yo había estado relajada y disfrutando de mi tiempo libre, él había extendido sus tentáculos implacablemente para atraparnos a todos. Recordé una de las fotografías que había visto en el Bazar Gaia. En la fotografía tomada con vista de pájaro, la montaña se extendía como una lengua verde que se deslizaba lentamente hacia las ruinas de la planta de procesamiento de madera.

Costaba ver cómo la lengua verde se había ido extendiendo día a día, pero, tras un mes, el paisaje había cambiado. La vegetación del monte Iwai crecía por doquier e incluso atravesaba el cemento y el hormigón. Las enredaderas envolvían las ruinas, estrangulándolas hasta que se derrumbaban.

Jun estaba muerto. Asako estaba loca. Masato también había perdido la cabeza y ahora el monte Iwai quería reclamar a Yumeko.

«No. No tengo tiempo para pensar en eso».

–¿Y si llamas a la policía? –propuse, aún temerosa de verme arrastrada de nuevo a esta locura. Pero no podía quedarme de brazos cruzados, tenía que hacer algo.

–No… no puedo.

Oí cómo negaba con la cabeza.

–Es imposible, ¿verdad? –dije, imitando el tono apagado de su voz.

No es que la estuvieran amenazando a punta de pistola o algo así, porque, desde fuera, lo que hacían Masato y los otros no era más que una broma pesada entre compañeros de trabajo. De hecho, si Yumeko se negaba a asistir, la que parecería una desalmada sería ella.

Aun así, sabía que Yumeko estaba aterrorizada, como si la estuvieran apuntando con un arma.

Me puse a pensar a toda velocidad.

Yo siempre había creído que, mientras uno no fuera consciente de una maldición, esta no tenía efecto. Mientras se pudiera ir tirando con normalidad, no había necesidad de actuar. Y, si alguien decidía ir a probar lo valiente que era o iba en busca de adrenalina y terminaba pasándolo mal, entonces que apechugara con las consecuencias. Esa había sido siempre mi postura.

Pero ¿y ahora qué?

«¿Puedo decir que vivo con normalidad? ¿Puedo darle la espalda a Yumeko mientras oigo cómo tiembla y llora? Si algo le llegara a pasar, ¿sería capaz de reírme y decir "se lo merecía por imbécil"? ¿De verdad?».

–Está bien…, iré. –Me costó un mundo sacar esas palabras de la boca.

Oí cómo Yumeko suspiraba. Sin duda debía de estar aliviada. Intercambiamos palabras de aliento y, antes de colgar, le dije:

–Trata de dormir un poco, si puedes. Mañana nos espera un día duro.

En cuanto pulsé el botón de colgar, noté cómo el silencio me envolvía. Permanecí sentada en la cama, con la mirada perdida, quieta.

Que yo fuera a ir daba igual. No había nada que pudiera hacer. En el mejor de los casos, juntas conseguiríamos que no entrasen de nuevo en las ruinas, pero poco más.

No estaba haciendo esto por heroísmo. Solo quería que, en caso de que pasase algo, la culpa no me acabara consumiendo por dentro.

No era un motivo puro. Era puro egoísmo.

Así que lo primero era protegerme a mí misma. Tenía que escapar de la influencia del monte Iwai de una vez por todas. Iba a hacer todo lo que estuviera en mi mano para lograrlo.

Me levanté de la cama.

Luego, tras pensar un poco, agarré un mapa de la estantería.

Capítulo 15

Llegué al Bazar Gaia diez minutos antes de la hora acordada.

Al doblar la esquina, vi a los tres ya esperando frente a la tienda. Bajo el blanco resplandor del sol, Asako y Masato se reían juntos de algo. Yumeko estaba algo alejada de ellos, con cara de cansancio.

Me acerqué. Ya llevaba tensión acumulada desde la noche, pero, con cada paso que daba, la tensión crecía más y más.

–¡Hola, buenos días! –Masato hizo un saludo militar con la mano izquierda.

Estábamos a más de treinta grados, pero aun así iba con una camisa de manga larga. Me fijé en su brazo derecho. Lo tenía completamente inmóvil, como si fuera un palo.

Le vi un trozo de piel del brazo derecho. Cerca de la muñeca, más allá de la manga de su camiseta, asomaba algo… marrón. Marrón, del mismo tono que una rama seca.

Masato se dio cuenta de que le miraba y ocultó el brazo. Pero había algo que no podía esconder, por mucho que lo intentase con el bigote y la barba: el rostro.

Lo tenía hinchado y de un tono negruzco y azulado. Un color preocupante.

Me fijé en Asako. Parecía que había vuelto a engordar y tenía un aspecto descuidado y desaliñado. Llevaba el pelo larguísimo y recogido en una coleta. Y ni siquiera se había preocupado por maquillarse.

Cuando me acerqué a ella, noté que olía a sudor. Sin embargo, lo peor fue el hedor que emitían tanto Asako como Masato. Apestaban a algo parecido a un caqui pocho.

–¿Habéis estado bebiendo? –pregunté con una sonrisa.

–Sí. Es que estábamos muy emocionados. Y ahora que ya has llegado, Minami, estamos todavía más emocionados –respondió Masato con un tono que mezclaba la alegría y la pena.

–Bueno, vamos a ir en tren, ¿no? –Aproveché la situación para poner en marcha mi plan.

–¿Qué? No, vamos en coche. –Asako apretó la mandíbula.

–Imposible. –Los miré a los dos fijamente–. Apestáis a alcohol. Como nos encontremos con un control de carretera, nos van a detener seguro. Y entonces no podremos visitar a Jun. Además, justo hoy es cuando comienza el festival Obon, ¿no? Va a haber un montón de tráfico.

Había tenido mucha suerte de que hubieran estado empinando el codo. Lo último que me apetecía era subirme en el mismo coche que ellos. Masato y Asako eran un peligro y seguro que Yumeko no había pegado ojo en toda la noche. Ninguno estaba en condiciones de conducir.

Mi plan era muy sencillo: acabar con el mayor número de riesgos posibles.

–Ah, es verdad. Hoy empieza el festival Obon –dijo Masato, como si acabara de darse cuenta, y se echó a reír.

El sonido de su risa me pareció perturbador, pero me mantuve firme. Había investigado los horarios de tren la noche anterior. Con una actitud eficiente y directa, expliqué con claridad:

–Primero tenemos que coger un tren desde la estación de Shinjuku y luego hacer un cambio de estación para subirnos a otro tren. En total nos llevará unas dos horas y media. Una vez que lleguemos, nos montaremos en un autobús que nos dejará cerca del camino que lleva a la planta de procesamiento de madera abandonada. No hay muchos autobuses, pero si salimos ahora no tendremos que esperar mucho. El viaje en bus nos llevará cerca de una hora, así que llegaremos alrededor de la una.

–¿Y cómo vamos a volver? –Asako hizo un mohín, como si fuera una cría.

–También lo he mirado y podemos volver del mismo modo.

–Pero…

–Si queréis ir en coche, bien. Pero yo no voy.

La miré fijamente. Asako cerró la boca.

Desde un poco más lejos, Yumeko me miraba sorprendida. No creo que esperase que me mostrara combativa desde el principio.

No es que me apeteciese pelearme con Asako. Tampoco la odiaba. La persona que tenía delante no era Asako, era el monte.

No tenía intención de ceder.

–Además –puse voz seria y miré a Masato–, ayer soñé con Jun y me pidió que tuviéramos cuidado.

–Vaya. –Masato puso los ojos como platos.

–Jun se mató en un accidente de moto, ¿verdad? Creo que por eso está preocupado de que vayamos en coche.

Era una mentira como una catedral, pero estaba decidida a hacer lo que hiciera falta.

La noche anterior, Masato me dijo que quería que hiciera una plegaria para Jun, aunque yo no soy ni médium ni sacerdotisa. Pero, si él creía que tenía algún tipo de habilidad sobrenatural, estaba dispuesta a usarlo a mi favor.

Tal como esperaba, esa simple frase tuvo más efecto en Masato que cualquier argumento racional. Mientras Asako seguía aún con cara de cabreo, él se dio la vuelta y agitó las llaves del coche.

—En ese caso, voy a sacar las cosas del coche.

—¡Espera! —grité.

Los tres se sobresaltaron y dieron un respingo. Noté cómo se me aceleraba el pulso.

«Cálmate».

Abrí la boca y dije:

—Masato, quizá esto suene raro, pero ¿puede ser que os llevaseis algo de la montaña la última vez que fuisteis?

Una pregunta directa y sin preámbulos. A Masato le cambió la cara.

«¡Lo sabía!».

El corazón me dio un brinco de alegría. Ese era el mayor riesgo; si conseguía quitarlo del medio, podría ganarle al monte Iwai.

«Pase lo que pase, no puedo dejar pasar esta oportunidad».

Sin parpadear siquiera, miré fijamente a Masato. Nervioso, él desvió la mirada y, con voz apagada, murmuró:

—No. No nos llevamos nada.

—Había un taller con restos de madera, ¿no? ¿No os llevasteis un trocito o algo así?

No podía ceder. Masato se quedó callado.

—¿Quizá lo guardasteis en la oficina del Bazar Gaia?

—¿Por qué dices eso?

—Es que estoy sintiendo algo. —Era importante seguir con la farsa de la médium—. Si no os llevasteis nada, aquí no ha pasado nada, pero si cogisteis algo… hay que devolverlo hoy.

Lo había dicho todo con un tono altivo y prepotente. No tenía ninguna obligación de explicar cómo había llegado a esa conclusión. Podía achacarse a poderes místicos o a experiencias previas. Me daba igual lo que pensasen, solo necesitaba que sonara lo suficientemente convincente. E iba a usar cualquier truco sucio para ello.

«Me parece que los médiums falsos investigan a sus clientes de antemano para parecer más creíbles».

Lo que yo estaba haciendo no distaba mucho de eso.

Odiaba a los médiums falsos, pero esta vez no

me importaba parecerme a ellos. Si con eso podía lograr mi objetivo, de buena gana me convertiría en una.

Noté de reojo cómo Yumeko me miraba con la boca abierta. Me acordé en ese momento de que no había llegado a contarle lo que averigüé de la leyenda del monte Ihai. Quizá ella también se estaba creyendo que tenía poderes.

—¡Eres toda una profesional, Minami! No esperaba menos de ti. —Asako comenzó a reírse a carcajada limpia.

—¿Entonces tenía razón? Qué bien…

De pronto me sentí enrojecer. Seguro que mi actuación había sido demasiado obvia. Contuve las ganas de poner excusas y me limité a sonreír enigmáticamente.

Sin decir nada, Masato se dio la vuelta, caminó hacia la entrada del Bazar Gaia y empezó a abrir la persiana. La luz de la mañana penetró en la tienda e iluminó el interior, que yo ya había visto antes. Al principio me había parecido un sitio atractivo, pero luego me dio la impresión de ser una madriguera de monstruos.

Y ahora me parecía extrañamente banal y desordenado.

Había menos productos que la última vez. «Las estanterías están llenas de polvo…».

Me fijé en la fina capa de polvo que cubría todo el interior del local. Fruncí el ceño. Lo más probable era que ya no vinieran muchos clientes.

Tal y como estaban Asako y Masato, era imposible que pudieran hacer bien su trabajo. De hecho, nadie con algo de sentido común entraría en el Bazar Gaia al ver el estado en el que se encontraba.

Bajo mi atenta mirada, Masato se puso a trabajar. Primero, sacó rodando un tronco de madera desde la parte trasera de la tienda. Luego, se dirigió hacia la estantería de los objetos misceláneos y sacó dos trocitos de madera que estaban expuestos en ella. Los habían estado usando para sujetar collares y cristales.

«No se han librado ni los pobres cristales». De tener alma, seguro que habrían gritado.

Masato dejó todo frente a la tienda.

Bajo la luz del sol, los trozos de madera tenían un aspecto terriblemente patético: carcomidos por las termitas, a punto de descomponerse y plagados de manchas negras de moho.

—No sabía que habíais cogido cosas... —murmuró Yumeko.

—Es que fue cuando tú te adelantaste para ir al coche —dijo Masato con voz apagada.

—¿Falta algo? —pregunté.

Masato negó.

—Yumeko, trae papel para envolverlos.

Ella obedeció al instante y entró corriendo a la tienda. No solo trajo papel de regalo, también cinta adhesiva y cuerdas.

Juntas, envolvimos los trozos de madera. «Hoy los devolveremos a la montaña».

Mantuve ese pensamiento en mente mientras envolvíamos con cuidado los trozos de madera.

Hice que Masato cargara con el trozo más grande. No porque fuera hombre, sino para que cargase con la responsabilidad de habérselo traído hasta la tienda. Guardé los otros dos trozos restantes en una bolsa de papel y se los di a Asako.

—¿Pero por qué tengo que llevar yo esto? —exclamó con enfado.

—Porque con lo gorda que estás no te vendrá mal algo de ejercicio.

Le puse la bolsa en las manos sin inmutarme.

Asako se puso rojísima. Eso era bueno, quizá así se empezaría a dar cuenta de lo mucho que se había deteriorado físicamente.

Encabecé la marcha y fui guiando al grupo. Miré el reloj y le hice un gesto de asentimiento a Yumeko.

—Quiero que estemos en la estación de Shinjuku a las diez.

Capítulo 16

Una vez que nos subimos al tren, apenas hablamos. Estábamos sentados en dos filas diferentes, lo que habría hecho difícil mantener una conversación si hubiéramos tenido algo que decirnos.

Pusimos los trozos de madera del monte Iwai en el portaequipajes. De vez en cuando los miraba de reojo y me sobrevenían pensamientos intrusivos.

Masato y Asako se habían quedado fritos, seguramente por culpa de haber estado toda la noche en vela y bebiendo. Solo de pensar que pretendían conducir en ese estado hacía que se me pusiera la piel de gallina. Seguramente habríamos tenido un accidente, con maldición o sin ella.

Que ninguno de los dos hubiera tenido dos dedos de frente era la prueba más clara de lo mal que estaban. Encima, se supone que íbamos a hacer un acto de conmemoración a un difunto, pero ni siquiera habían traído flores. ¿Acaso tenían pensado ponerse a recitar oraciones sintoístas y ya?

Además, íbamos al lugar del accidente, pero ¿acaso Asako y Masato sabían exactamente dónde se encontraba?

«Todo esto es muy sospechoso».

Me daba la impresión de que se estaban aprovechando de la muerte de Jun. Fingían que estaban apenados, pero en realidad para ellos era la excusa perfecta para montar esa pequeña fiesta. Lo que querían era ir a un nuevo lugar encantado.

«Siendo realistas…, la manera en la que cada uno actúa y sus cambios a lo largo del tiempo dependen de la educación, el entorno y las creencias personales».

Había achacado sus acciones a la maldición del monte Iwai, pero cabía la posibilidad de que solo fueran el tipo de persona que llegaba a aprovecharse de la muerte de alguien para poder montarse una fiesta.

«¿Estoy siendo demasiado cruel?».

Miré de pasada a Asako y Masato y luego centré mi atención en el resto del vagón. No estaba tan abarrotado como había imaginado, pero, probablemente porque estábamos en mitad de las vacaciones de verano, había muchas familias con niños.

–Entonces, ¿qué hacemos cuando lleguemos al cementerio?

Un niño pequeño con pantalones cortos daba saltitos abrazado a su padre.

El padre, con un toque de humor, le explicaba cómo había que comportarse al visitar una tumba.

–¿Y vamos a romper una sandía sobre la tumba?

–Eso se hace en la playa, no en el cementerio.

El sonido de sus risas inundó el tren. «Es verdad, hoy empieza el festival Obon».

En Tokio, como usamos el calendario gregoriano, celebramos el festival en junio, mientras que en el resto de Japón no empieza hasta agosto. Ese año, como estuve ingresada en el hospital, dejé que se encargaran mis padres de todos los preparativos. Seguro que nuestros antepasados de la capital ya han vuelto al más allá.

«Calendario lunar y calendario gregoriano... ¿Qué calendario se usará en el otro lado?».

En Japón se empezó a usar el calendario gregoriano durante de la Era Meiji. «Quizá a mis antepasados más viejos les resulte confuso. ¿Puede ser que ahora en el más allá tengan dos festivales Obon?».

Perdida en estas reflexiones sin sentido, de repente recordé que ya había hablado de este tema antes, sobre la temporada en la que regresan los espíritus de los difuntos. Creo que fue durante una llamada larguísima que tuve con Satomi.

«¿De qué hablábamos? Seguro que solo de tonterías».

Recordaba haberme reído a carcajadas. Mientras estaba perdida en ese recuerdo, me vino de pronto algo a la mente.

«Asako me envió aquel primer correo ese día». Noté un pinchazo en el corazón. «Ahora que lo pienso, todo empezó ese día».

Al primer día del festival Obon se le llama *kamabuta tsuitachi*, y quiere decir «el día en que se abre la caldera del infierno». Satomi creía que era el día en que los espíritus de los difuntos regresaban a nuestro mundo. Yo le había compartido mis conocimientos sobre el tema, que, en el fondo, coincidían con lo que ella creía: era el día en que los muertos vagaban libres.

—Ya casi hemos llegado —dijo Yumeko incorporándose con nerviosismo.

Me puse de pie también y cogí nuestro equipaje. No era momento de dejarse dominar por el miedo. Ya era demasiado tarde para eso.

Desperté a Asako y a Masato. Abrieron los ojos, vidriosos, y bostezaron con la boca abierta de par en par, sin ningún tipo de pudor. Todavía les apestaba el aliento a alcohol.

«Dejad de haraganear, estamos aquí porque vosotros nos habéis obligado».

Molesta, les entregué a cada uno los trozos de madera con los que tenían que cargar.

—Venga, ¡arriba! —les espeté.

Como faltaban veinte minutos para que llegara el autobús, aprovechamos para almorzar. La estación de bus era tan austera que casi parecía un milagro que hubiera una tienda de fideos soba. Apunté los horarios del bus para la vuelta, solo por si acaso, y me fumé un cigarrillo para calmarme.

Estábamos ya en una zona rural. El autobús había estacionado hacía unos minutos y Yumeko se había subido. Parecía agotada. «Espero que esté bien». Aunque estaba preocupada por ella, permanecí fuera un rato más.

Me preocupaba el tiempo de espera del bus de vuelta a casa. Según lo que había investigado, tendríamos que esperar más de una hora. Incluso si íbamos a las ruinas y devolvíamos los trozos de madera, ¿qué íbamos a hacer después? No sabíamos el lugar exacto del accidente de Jun, y, aunque lo supiéramos, rezar por él apenas nos llevaría un minuto.

No me apetecía estar ahí más tiempo del estrictamente necesario. Lo ideal sería aprovechar el tiempo extra para ir hasta el siguiente pueblo, pero no estaba segura de si Asako y el resto accederían a ello.

Después de haber dormido la mona en el tren, Asako y Masato parecían completamente recuperados. Ambos charlaban tranquilamente bajo el cálido sol del verano sobre la última vez que habían estado por la zona.

Yo estaba algo alejada de ellos, en la zona de fumadores, pero de vez en cuando captaba fragmentos de su conversación, palabras como «planta de procesamiento de madera abandonada» o «santuario». Asako se reía a carcajada limpia, con tanta fuerza que parecía costarle mantenerse erguida. Luego, sin previo aviso, se acercó corriendo hacia mí.

–¡Oye, Minami! –Me agarró con su mano empapada de sudor.

–¡Cuidado! –Aparté el cigarrillo y lo apagué en el cenicero.

El autobús estaba a punto de salir, así que me dirigí hacia él. Asako, sin dejar de reírse, me siguió.

–¿Cómo va nuestra novela? ¿Sigues escribiéndola?

–¿Qué?

–Venga, ¡espabila! –Me dio una palmada en la

espalda con tanta fuerza que me tambaleé hacia delante.

Me subí al autobús a toda prisa y me senté al lado de Yumeko. Menos mal que los asientos eran en parejas y no tenía que lidiar con los otros dos.

—Ah, claro. Como estoy gorda no te quieres sentar conmigo —dijo Asako con una sonrisa socarrona en los labios.

—¿Lo llevas todo? —Ignoré su comentario de forma consciente.

Asako levantó la bolsa de papel con cara de falsa molestia y se fue a la parte trasera para sentarse junto a Masato.

Dejé escapar un suspiro larguísimo. A cada minuto que pasaba, notaba cómo aumentaba la tensión que sentía en los hombros. Tenía todo el cuerpo terriblemente tenso.

—¿Estás bien? —me susurró Yumeko.

—La que no ha dormido eres tú, ¿no? —respondí mientras movía el cuello para aliviar la tensión—. El dolor de hombros es algo que viene con la profesión.

—Siento que tengas que pasar por esto. —Con cada palabra, Yumeko se hundía más y más en su asiento.

—No pasa nada…

No le había contado nada del monte Ihai ni del

motivo por el que acabé en el hospital. Seguramente Yumeko se había creído a pies juntillas todo lo que le había dicho a Masato. Quería contarle la verdad, pero sabía que, si los otros me escuchaban, nos meteríamos en problemas.

«Cuando todo termine y volvamos sanas y salvas a casa… Entonces hablaré con ella y se lo contaré todo».

Al dejar atrás el pequeño y acogedor pueblo, la presencia de la naturaleza se hizo cada vez más clara. Incluso el sonido del motor del autobús no lograba ahogar el canto de las cigarras, que resonaba claramente en nuestros oídos. Estábamos en pleno verano. El asfalto estaba tan caliente que hacía ondear el aire, como si se tratase de un espejismo. A medida que nos adentrábamos en el bosque, la luz que se filtraba de entre las copas de los árboles iluminaba la carretera y parecía que hubieran brotado en ella flores hechas de luz. El verdor que decoraba ambos lados del camino, oscuro y frondoso, contrastaba con esas pinceladas plateadas y delicadas.

Era el paisaje típico de cualquier lugar montañoso y con bosques rurales. Sin embargo, que fuera mundano no le restaba ni un ápice de belleza.

«Me gustaría ir a dar un paseo por la montaña…».

No podía evitar desear algo así al ver el verdor que desfilaba ante mis ojos.

«Le he prometido a Satomi que iríamos juntas».

Cada vez notaba los pensamientos más dispersos y la cabeza más aturdida. Sabía que debía mantenerme alerta, pero no podía evitar sentirme confusa. De pronto, tenía un sueño terrible.

La mayoría de los pasajeros se habían bajado en la parada anterior. El interior del autobús era tranquilo y silencioso, apenas quedábamos cuatro gatos dentro. El movimiento rítmico del autobús solo hacía que tuviera todavía más ganas de echar una cabezadita. ¿Se habrían vuelto a quedar dormidos Asako y Masato? No los escuchaba hablar.

«Debería beber un poco de té para despejarme».

Rebusqué en el bolso hasta dar con mi botella de plástico.

—Mira —dijo Yumeko en voz baja—, acabamos de pasar la planta de procesamiento de madera.

Di un respingo y me giré hacia la ventana. Ya casi la habíamos dejado atrás y apenas pude ver unos matorrales del monte Ihai.

«Tendríamos que haber bajado ya... Pero ¿ha sido solo un descuido?».

Me sentí inquieta. No podía dormirme en los laureles.

En este tipo de viajes por el campo, la distancia

entre paradas suele ser larga. Pulsé el botón de parada y comprobé el nombre de la siguiente: «Santuario de la Montaña».

«Esto no puede ser una coincidencia...».

No tenía intención de pasar por el santuario. Solo quería devolver los trozos de madera al monte Iwai y lavarme las manos de todo ese asunto.

«¿O quizá no baste con eso?». Titubeé. «¿Debería ir al santuario? ¿O es mejor no ir?».

¿Sería el santuario una guía... o una trampa?

Si se lo pedía, el conductor nos dejaría bajar ahí mismo. No estaríamos en ninguna parada, pero al menos evitaríamos el santuario.

No sabía cuál era la mejor opción. No podía ver el futuro. No tenía suficiente información como para saber la respuesta.

La carretera empezó a inclinarse a la izquierda.

De pronto recordé el mapa de la zona. El santuario estaba justo después de esa curva. Chasqueé la lengua y saqué la cartera.

—¡Nos bajamos aquí!

Me giré hacia los asientos traseros y, tal como esperaba, Masato y Asako estaban durmiendo.

Me entraron unas ganas terribles de despertarlos a guantazos...

—¡Arriba! —les grité al borde de un ataque de histeria.

Capítulo 17

Una vez que el autobús se hubo ido, el único sonido que nos acompañaba era el canto de las cigarras. Los cuatro nos quedamos callados, sumidos en esa extraña mezcla entre silencio y ruido.

Al parecer, la parada de bus no estaba pegada al santuario. Desde donde estábamos no podía ver la silueta de la puerta *torii*.

Masato llevaba el tronco envuelto en la mano, como si se tratase de un regalo. Por algún motivo, el papel de regalo del Bazar Gaia tenía motivos navideños. Los brillantes colores del papel hacían que el rostro de Masato pareciera todavía más cansado y demacrado. Me dio la impresión de que le molestaba el brazo derecho.

Sostenía el paquete con fuerza y me miraba, aunque tenía los ojos empañados y la mirada perdida.

Asako había puesto la bolsa de papel en el suelo para secarse el sudor de la frente. Yo no tenía calor. De hecho, desde que nos habíamos bajado del bus, tenía cada vez más frío. «Me parece que hay un río cerca, quizá sea por eso».

«No. No puede ser. Tengo más frío aquí fuera que dentro del autobús con el aire acondicionado».

Yumeko estaba mirando el sendero. Más adelante se encontraba el Santuario de la Montaña. Empecé a caminar en la dirección en la que estaba mirando.

—¿A dónde vas? —preguntó Asako.

Sin molestarme en girarme, respondí a su pregunta con otra pregunta:

—¿Dónde falleció Jun? Quiero confirmar algo.

No obtuve respuesta. Insistí.

—¿Dónde fue?

Me di la vuelta.

Masato me dedicó una sonrisa torpe y forzada.

—Pensé que reconoceríamos el lugar por las flores que hubiera dejado su familia…

—¿Pero hay flores? ¿Las has visto? ¿O estabas muy ocupado durmiendo?

—Venga, Minami, no te enfades —dijo Asako con el mismo tono que se usa para hablarle a un niño enrabietado.

–Eso, busquemos el sitio mientras damos la vuelta.

Masato trató de echarle un cable a Asako. Casi me dieron ganas de reírme.

–¿Y tienes pensado volver al pueblo a patita desde aquí?

–Pues…, bueno… No… no será para tanto.

–¿Cuánto tardasteis en llegar hasta aquí cuando vinisteis en coche?

–Eso no cuenta, el motor no iba bien –respondió Asako con los labios fruncidos.

En ese momento se me acabó la paciencia y empecé a gritar.

–¡Aunque el motor no funcionara bien, seguro que ibais más rápido que andando! –Era justo lo que me temía–. ¿Para qué habéis venido aquí realmente…? Que Jun se haya muerto os importa un comino. Solo queríais volver, ¿verdad?

–No digas eso. No tenemos ningún motivo especial para querer venir.

Masato se encogió de hombros y me dio la sensación de que estaba bromeando.

Los miré de hito en hito a ambos.

Cualquier motivo les servía. Solo querían llevarnos ahí. Me daba igual si estaban actuando por cuenta propia o influidos por algún tipo de maldición. Me daba absolutamente igual.

«Por favor que no nos sacrifiquen a los muertos de esta montaña…».

Yumeko me miraba fijamente, tratando de leer mi expresión. Notaba que me había quedado completamente pálida.

No era por el enfado. Era por miedo.

Desde que puse un pie fuera del autobús, me di cuenta de que la montaña era mucho más aterradora de lo que había anticipado.

No había ni una nube en el cielo, pero aun así notaba una presión aplastante en el ambiente. Aunque era mediodía y pleno verano, si no a-pretaba los dientes, empezaba a castañetear de frío.

«¿El resto no siente nada? ¿Soy solo yo? ¿El hecho de que solo yo tenga miedo es un mal o buen presagio?».

«Quiero irme a casa».

Tenía ganas de llorar, pero no era algo que pudiera permitirme. Si me rendía y salía corriendo ahora, todo habría sido en vano. Hasta había fingido que era una médium auténtica. Tenía que seguir hasta el final.

Pero, claro, si no encontraba una solución, nada de lo que había hecho tendría sentido.

«¿Por qué no había una manera de romper la maldición en la leyenda del monte Ihai? ¿Acaso, una vez que te llevas un trozo de la montaña, ya es demasiado tarde?».

—¿A dónde vas? —Reanudé la marcha y Asako volvió a preguntarme.

No le respondí. Solo seguí andando.

No es que estuviera enfadada. Era solo que, si abría la boca, no sería capaz de contener el llanto.

Al llegar al final de la curva, vi el rojo distintivo de la puerta *torii*. Sin decir nada, se lo indiqué con la cabeza al grupo.

—¿Vamos a ofrecer los trozos de madera al santuario? —murmuró Masato.

«Pues no es mala idea».

Justo cuando iba a darle la razón, Asako empezó a chillar.

—¡No entréis!

Se puso frente a la puerta, con los brazos estirados para detenernos el paso. La bolsa de papel cayó al suelo.

—¡Aquí es donde dejamos nuestras impurezas!

—Asako… —Yumeko frunció el ceño.

—¡Aquí es donde nos purificamos, así que no podemos volver a entrar!

«Otra vez dice cosas que no tienen ni pies ni cabeza…».

Negué con la cabeza. Gracias a su arrebato había perdido el miedo, al menos de momento.

—Asako, ¿acaso cuando rezas en un santuario luego no vuelves a pisarlo? —dije con tono de reproche.

Asako cerró la boca.

—Los sacerdotes rezan en los santuarios todos los días. Si las impurezas se acumularan en los santuarios, no serían lugares de culto, sino un basurero.

—Pero nosotros hicimos una plegaria especial —murmuró Asako sin dejar de mirarme.

La ira me cegó al oír esas palabras.

—¿Y cómo le va a Jun, ya que fue él el que recitó esa plegaria tan especial?

El efecto de mis palabras fue inmediato: Asako, con el labio inferior tembloroso, se quedó callada.

Miré al resto del grupo.

—Vamos a entrar. —Me dirigí hacia la puerta *torii* con decisión—. Y no hace falta que vengas si no quieres.

Dirigí esa última frase hacia Asako para evitar problemas. Ella nos siguió con la cabeza gacha. Traté de buscarle una explicación a su comportamiento. ¿Por qué había mostrado un rechazo tan evidente? ¿Era por lo que había mencionado? ¿O tenía miedo de algo?

«Me gustaría dejar los trozos de madera aquí».

Así no tendríamos que pasar por la tétrica planta

de procesamiento de madera abandonada. Aún albergaba una chispa de esperanza en mi corazón.

Nos quedamos los cuatro parados frente a la puerta *torii*. En la parte superior, escrito con letras desgastadas, decía lo siguiente: SANTUARIO DE LA MONTAÑA.

Era ahí.

Oí un ruido a mis espaldas, como de sorpresa, y me di la vuelta. Los tres estaban mirando hacia el santuario, con la boca abierta de par en par. Confusa, traté de ver qué los tenía tan anonadados.

Tal como había imaginado, en ese santuario se le había rendido culto al monte Iwai, pero también era la entrada para comenzar el ascenso al monte.

Más allá de la puerta *torii* había una desgastada escalera de piedra, tan larga que parecía extenderse hasta el infinito, y yo no alcanzaba a ver ningún santuario. En un tramo, la escalera estaba tan deteriorada que, en vez de piedra, había tierra y hojas secas.

«Está muy abandonado. ¿Acaso ya no hay montañistas que escalen por aquí?».

Quizá el Santuario de la Montaña fue consagrado antes de que el monte Ihai se convirtiera en el monte Iwai. O quizá se construyó para aplacar la ira del terrible dios que supuestamente habitaba en esa montaña. Una manera de otorgarle un lugar de paz.

Un ruido seco a mis espaldas me hizo girarme de golpe. Masato había dejado caer el tronco envuelto y Asako estaba temblando.

–¿Qué pasa? –En cuanto la pregunta escapó de mi boca, sentí un frío terrible en la espalda.

Del santuario emergía un aire helado. Sentí como si una bestia se fuera a abalanzar sobre nosotros. Me aparté, movida por el instinto de supervivencia, y empujé a Yumeko también. Ella trastabilló y cayó de rodillas al suelo.

–¿¡Yumeko!? –Le sacudí los hombros para hacerla reaccionar.

Yumeko levantó una mano temblorosa y señaló la puerta *torii*.

–El santuario… el santuario estaba al final de las escaleras…

–¿Qué…?

–Había… había un santuario precioso con un espejo…

–¡Yumeko, cálmate!

–Subimos por estas escaleras…, fueron estas escaleras, ¿no?

–¿Qué dices?

–Pero entonces… ¿a qué…? –Yumeko empezó a llorar a lágrima viva–. ¿A qué le rezamos?

—¡Os dije que no quería venir! —exclamó Asako dando un pisotón.

Masato estaba petrificado como una estatua.

No entendía qué estaba pasando. Los miré a los tres y a la puerta *torii*.

«Entonces...».

Cuando Yumeko y los otros subieron por esos escalones, vieron un santuario al final del todo, un santuario que en realidad no existía. Y rezaron y escupieron en él.

Giré la cabeza hacia la puerta *torii*.

En mitad del paisaje estival entreverado de sombras, las escaleras terminaban sin más, como si ya hubieran cumplido con su propósito.

Era como si la montaña se estuviera riendo de nosotros. Existen leyendas sobre pueblos o casas abandonados en mitad de la nada en los que los viajeros pueden refugiarse.

«¿Acaso el monte Iwai, no, el monte Ihai, es una versión distorsionada y macabra de estas leyendas? ¿O se aprovecha de estas leyendas para atraer a personas incautas hacia la muerte segura?».

«Tenemos que dejar los trozos de madera aquí».

Tomé esa decisión a pesar de la sensación antinatural de frío que me recorría el cuerpo. La escalera se adentraba en la montaña, por lo que, una vez que hubiéramos cruzado la puerta *torii*, estaríamos en el monte Iwai.

No estaba segura de si era lo correcto, pero lo que una vez perteneció a la montaña debía volver a la montaña. Era lo único que podíamos hacer. Empecé a desenvolver el tronco.

—Asako, ayúdame con esto.

Pero ella se limitó a darme la espalda y seguir dando pisotones en el suelo. Le quité la bolsa de papel de las manos y Yumeko, aún temblorosa, me ayudó a desenvolver el tronco.

—¿Vamos a dejar aquí los trozos de madera...? —preguntó Yumeko con dificultad, como si tuviera la boca pastosa.

—Sí. Estos trozos no pertenecen a la planta de procesamiento de madera, sino a la montaña.

Todavía tenía el frío metido en los huesos, pero, por suerte, yo no había visto el supuesto santuario, por lo que estaba menos afectada que el resto. Una vez que hubimos desenvuelto todos los trozos de madera, traté de darle uno a cada uno.

Masato y Asako se negaron.

—Masato, o haces esto o nunca se te curará el brazo —le advertí.

Mis palabras le afectaron y, tras proferir un grito ahogado, cogió el tronco. Antes de que pudiese decir nada más, Asako empezó a gritar.

—¡No quiero!

—¿Por qué? ¿Es que te da miedo?

—¡Sí, estoy aterrada!

Empezó a sacudir la cabeza de un lado a otro, como si fuera una niña pequeña enrabietada. Se le revolvió el pelo.

Contuve la respiración y dije:

—Id vosotros delante.

Hice que Yumeko y Masato avanzaran los primeros.

Yumeko asintió, con el rostro pálido. Cogió con cuidado un trozo de madera con ambas manos y cruzó la puerta *torii* poco a poco. Masato fue tras ella.

Desde donde estaba, vi cómo colocaban los trozos de madera sobre los escalones de piedra. Uno en cada extremo.

Una vez terminado, Masato regresó a toda prisa. Gradualmente, su rostro esbozó una sonrisa tensa. Seguro que sentía que había escapado de algo. Enseñó los dientes y movió los hombros, para destensarse.

La verdad es que no sabía si con esto mejoraría el brazo de Masato. Solo le había amenazado para que me hiciera caso. Pero estábamos en mitad de un ritual. Yumeko y yo necesitábamos hacer ese ritual, por nuestra salud mental.

Yumeko volvió en silencio. Tal como cabía esperar de una chica criada en una casa sintoísta, hizo una cortés reverencia frente a la puerta *torii*. Su rostro era todo alivio.

La única que faltaba era Asako. Por más que intentaba persuadirla con palabras dulces, no cedía. Se negaba a coger el trozo de madera. Tampoco quería calmarse, ya que seguía sacudiéndose como una niña pequeña. Lloraba y pataleaba diciendo que no una y otra vez.

Empezaba a pensar que cualquier intento de convencerla sería fútil. Mientras pensaba en argumentos lógicos, empecé a cuestionarme por qué estaba forzándome a hacer algo tan ridículo. En el fondo me daba igual.

Me callé y solté un profundo suspiro.

Masato aprovechó el silencio para acercarse. Su cara había recuperado cierta jovialidad.

—Ay, Asako, mira que eres miedosa —dijo Masato mientras me quitaba el trozo de madera de las manos.

El trozo de madera hizo un ruido sordo cuando cayó sobre los escalones de piedra. Rodó. Me quedé mirando, atónita, incapaz de asimilar lo rápido que lo había lanzado.

—Ya está, ¿no?

—¡Gracias, gracias! ¡Eres el mejor, Masato!

Las voces de ambos se entremezclaron con el bosque.

—Pero… ¿qué has hecho? —murmuró Yumeko con un hilo de voz.

Aparté la mirada de la puerta *torii*, pero luego volví a mirar. La montaña estaba oscura y silenciosa.

Curvé la boca. Casi parecía una sonrisa. Casi.

—Vámonos a casa —dije sin mirar a nadie.

Me di la vuelta sobre mí misma y empecé a andar en dirección a la parada del autobús.

Me di cuenta de que ya no tenía frío.

«Se acabó».

Capítulo 18

Esperamos y esperamos, pero el autobús no llegaba. Miré el reloj. Quizá el autobús se nos había escapado mientras trataba de convencer a Asako. O quizá aún no había pasado.

Sea como fuere, prefería caminar que quedarme esperando una hora. Si nos encontrábamos con el bus de camino, seguro que pararía si le dábamos el alto. La próxima parada estaba cerca de la planta de procesamiento de madera abandonada. No me apetecía acercarme a esa zona, pero quería alejarme del santuario todo lo posible.

Según mi reloj, eran las tres de la tarde. Todavía faltaba para que anocheciese y el siguiente autobús llegaría pasadas las cuatro. En la montaña oscurecía antes y, para colmo, el sol estaba tapado por las nubes.

«Con la suerte que tengo, seguro que se pone a llover».

Notaba que se acercaba una tormenta vespertina, pero estaba demasiado cansada y vacía como para pensar que se trataba de una señal.

«¿De verdad este es el final?».

No me quedaban fuerzas.

«Con lo mucho que me he esforzado, ¿solo para acabar así?».

Me hubiera gustado un final más satisfactorio. Pero si el esfuerzo siempre se viera recompensado, nadie fracasaría nunca.

Asako se quejaba del calor, Masato no paraba de hacer bromas y Yumeko avanzaba en silencio. Yo caminaba algo por delante de ellos, sola.

Cuando estaba empezando a oscurecer, me fijé en un ramo de flores que había en el margen de la carretera. Pasé de largo, sin detenerme. Los demás no parecieron percatarse de su existencia.

Y entonces... la planta de procesamiento de madera abandonada apareció frente a nosotros...

Me quedé paralizada. Los otros tres también se quedaron parados, tal como cabría esperar. Estábamos frente a la entrada.

—Vaya..., de día no da tanto miedo —comentó Asako con desdén—. Seguro que ha venido más gente después de nosotros.

—Bueno, estamos en plenas vacaciones de verano.

—¿A todos los que hacen pruebas de valentía les pasan cosas extrañas, Minami? —preguntó Masato con un tono sarcástico.

—A saber. —Sonreí un poco.

Ya no me importaba si todo lo que había sucedido pertenecía a la mera casualidad o nuestra imaginación desbocada. Tampoco me importaba qué les sucediera a Asako y al resto en el futuro.

A fin de cuentas, a todo se le podía buscar una explicación lógica si uno se esforzaba lo suficiente. Que cada uno lo interpretara como quisiera.

Yo no tenía por qué confesarle cómo me sentía a nadie. Y mucho menos a ellos.

Cerca de la entrada de las ruinas había restos recientes de fuegos artificiales. Alguien había escrito con grafiti en la pared agrietada de cemento dos palabras: la primera, en rojo, decía «maldición»; la segunda, en azul, decía «muerte».

Seguro que quien quiera que lo escribiese se había divertido y ahora estaba disfrutando de sus vacaciones de verano.

El cielo, incapaz de contenerse por más tiempo, descargó sobre nosotros pesadas gotas de lluvia. El agua cayó sobre el cemento dejando a su paso surcos grises por doquier.

La montaña, que había invadido las ruinas, se estremeció bajo la lluvia.

Bajé la mirada y me tapé la cabeza con los brazos. Luego salí corriendo hacia la parada del autobús.

Para cuando llegamos a la parada, la lluvia había remitido. Parecía que en el pueblo no había llegado a llover, pues las calles estaban secas.

—Qué lluvia tan molesta, ¿verdad? —le dijo Asako a Masato con voz dulce mientras se secaba con una toalla.

Al parecer, había olvidado su amor por Jun y Masato era su nuevo objeto de deseo.

Me senté en un banco a esperar a que llegase el tren. El sueño amenazaba con vencerme. Aunque le había dicho a Yumeko que durmiese, yo misma había hecho caso omiso de mi consejo y apenas había pegado ojo la noche anterior.

Toda la tensión que había ido acumulando se había disipado y cada vez tenía más sueño.

«No puedo dormirme hasta que me suba al tren».

Reprimí un bostezo y observé a Yumeko, que estaba sentada a mi lado. No me sorprendió ver que tenía unas profundas ojeras. Se percató de que la estaba mirando y me sonrió levemente. Ya no me hacía falta preguntarle qué significaba esa sonrisa.

—He decidido que voy a volver a Wakayama —susurró con calma.

—Ya veo…

—Últimamente se me ha aparecido mi abuela en sueños. Me decía que estaba muy preocupada por mí y que volviese a casa.

—Entiendo… —Acepté su explicación sin más.

Me daba la sensación de que Yumeko era una persona bendecida. Por tanto, aunque había estado metida hasta el fondo en todo ese asunto, siempre había estado a salvo.

La gente así me daba mucha envidia.

Yo no había tenido nada que ver con el tema de la prueba de valentía, pero aun así acabé metida hasta el fondo. Y entonces…

«Estoy harta de estar quejándome todo el rato».

—¿Sabías que en Wakayama la presencia de los dioses también es fuerte? —comenté con tono despreocupado.

Yumeko parpadeó, como si estuviera recordando algo, y luego agachó la cabeza en señal de agradecimiento.

—Hoy… Muchas gracias por ayudarnos hoy.

—Pero si no he hecho nada.

—Pero sabías que había que devolver los trozos de madera al monte Iwai.

—Ah, eso.

No pude evitar sonreír mientras sacaba de mi bolso las fotocopias que me había dado Satomi. Las había traído conmigo para usarlas de apoyo en caso de que mi actuación como médium no fuera suficiente.

Cogí el fajo de folios y los guardé rápidamente en el bolso de Yumeko.

—Léelo cuando llegues a casa, así lo entenderás todo.

Yumeko me miró perpleja.

—No soy una médium ni nada de eso, ¿sabes? —dije claramente.

Yumeko parecía todavía más desconcertada. Reprimí una risa ante su reacción. Asako se acercó corriendo hacia donde estábamos y se sentó a mi lado.

—Oye, ¿vas a escribir una novela sobre lo de hoy?

«¿Todavía sigue con eso?». El alivio y la tranquilidad que sentía se enturbiaron un poco. Me esforcé por no ponerle mala cara y contesté:

—Quién sabe…, quizá algún día.

Ya me quedaba poco. Solo tenía que aguantarla un poco más. Repetí ese mantra en mi cabeza una y otra vez. A partir de ese día cortaría lazos con Asako de una vez por todas. No volvería a quedar con ella. No volvería a leer un correo suyo o a cogerle el teléfono.

Estaba segura de mi decisión. Ya no estaba siendo influenciada por ninguna maldición. Simplemente Asako ya no me caía bien. Por eso iba a alejarme de ella. No había más explicación que esa.

El tren llegó a la estación.

Me subí sin perder un segundo. Asako se sentó a mi lado.

«Por favor, déjame dormir».

No entendía cómo estaba tan parlanchina tras pasarse toda la noche sin pegar ojo. Masato estaba sentado frente a nosotras, con los ojos ya cerrados, mientras Asako continuaba con su incesante parloteo. No había parado desde que nos deshicimos de los trozos de madera.

Contuve un suspiro y, de pronto, Asako exclamó:

–¡Me he dejado el bolso en el banco! –Pegó un salto y salió corriendo del tren como una niña pequeña.

Sonó una campana, señal de que el tren iba a partir, y las puertas se cerraron.

–¿¡Asako!? –Giré la cabeza hacia la ventanilla, preocupada.

La vi de pie frente al banco, pero no parecía preocupada o con prisa. Nos estaba mirando desde ahí, con una gran sonrisa plasmada en su rostro.

El tren empezó a moverse poco a poco.

—¡Asako! —gritó Yumeko también.

¿Es que no podía oírnos?

Asako nos despidió enérgicamente con la mano mientras sus labios formaban una última palabra: «Adiós».

Esa fue la última vez que la vi. No volvió a su casa ni al trabajo. Su bolso, con el teléfono móvil dentro, se quedó en el banco de la estación.

Desapareció con lo puesto y jamás la volvimos a ver.

Sigo sin saber por qué decidió desaparecer. La verdad es que creo que seré más feliz si nunca descubro por qué. Todavía tengo grabado a fuego en mi cabeza cómo había sonreído antes de irse.

Por eso he escrito esta historia. Asako insistió hasta el último momento en que quería ser parte de uno de mis libros.

Ahora que lo pienso, tal vez ese era el verdadero deseo de Asako Yaguchi, la mujer que una vez fue mi amiga. Ella sabía que la desgracia se cernía sobre ella. Quizá hasta se arrepentía de lo que había hecho. Quizá, al darse cuenta de que ya no había vuelta atrás, había preferido desaparecer para dar ejemplo.

La verdad es un misterio. Pero por eso he escrito

este libro, para cumplir su último deseo. Es todo lo que puedo hacer.

Por cierto, Yumeko volvió a su ciudad natal y se casó. Ahora está muy feliz con su nueva vida. Hablé con Masato un par de veces por lo de la desaparición de Asako, pero desde entonces hemos perdido el contacto. La última vez que lo vi seguía con el brazo mal. Me pregunto cómo estará ahora.

El Bazar Gaia y el restaurante Swami cerraron.

Por supuesto, al convertir esta historia en una novela, tuve que cambiar el nombre de los personajes. En la vida real, yo soy mucho más indecisa y Yumeko es más capaz, espiritualmente hablando. Además, adorné un poco lo que sucedió en realidad, para que fuera más interesante.

A fin de cuentas, es una historia de ficción.

Pero, aun así, no he perdido la esperanza de que Asako regrese algún día.

No la he bloqueado en ninguna parte. Si se pone en contacto conmigo, le daré una copia del libro.

«Escribí sobre la maldición de la montaña, tal como me pediste».

Eso es lo que le diré, sin parecer sorprendida por su regreso. Y luego le daré una palmadita en el hombro y le diré:

«Me alegra saber que estás bien».

Índice